50 Lieblingsbücher zum Vorlesen und Selberlesen | David Almond – Zeit des Mondes • **Vita Andersen** – Petruschkas Lackschuhe • **Kirsten Boie** – Mit Jakob wurde alles anders • **Robert Bolt** – Der kleine dicke Ritter • **Zoran Drvenkar** – touch the flame • **Michael Ende** – Der satanarchäolügenialkohöllische Wunschpunsch • **Willi Fährmann** – Der lange Weg des Lukas B. • **Cornelia Funke** – Potilla • **John Reynolds Gardiner** – Steinadler • **David Grossman** – Zickzackkind • **Josef Guggenmos** – Was denkt die Maus am Donnerstag? • **Peter Hacks** – Liebkind im Vogelnest • **Peter Härtling** – Das war der Hirbel • **Christoph Hein** – Das Wildpferd unterm Kachelofen • **Sigrid Heuck** – Saids Geschichte • **W. und H. Hohlbein** – Drachenfeuer • **Janosch** – Lari Fari Mogelzahn • **Tove Jansson** – Die Mumins. Eine drollige Gesellschaft • **Diana Wynne Jones** – Zauberstreit in Caprona • **Erich Kästner** – Pünktchen und Anton • **Klaus Kordon** – Die roten Matrosen • **Irina Korschunow** – Die Wawuschels mit den grünen Haaren • **James Krüss** – Mein Urgroßvater und ich • **Guus Kuijer** – Wir alle für immer zusammen • **Marjaleena Lembcke** – Als die Steine noch Vögel waren • **Gunnel Linde** – Wie eine Hecke voll Himbeeren • **Astrid Lindgren** – Kalle Blomquist Meisterdetektiv • **Hugh Lofting** – Doktor Dolittle und seine Tiere • **Paul Maar** – Der tätowierte Hund • **Patricia MacLachlan** – Schere, Stein, Papier • **Henning Mankell** – Der Hund, der unterwegs zu einem Stern war • **Tilde Michels** – Kleiner König Kalle Wirsch • **A. A. Milne** – Pu der Bär • **Christine Nöstlinger** – Konrad oder Das Kind aus der Konservenbüchse • **Sheila Och** – Das Salz der Erde und das dumme Schaf • **Gudrun Pausewang** – Die Wolke • **Benno Pludra** – Das Herz des Piraten • **Mirjam Pressler** – Wenn das Glück kommt, muss man ihm einen Stuhl hinstellen • **Jan Procházka** – David und der Weihnachtskarpfen • **Bjarne Reuter** – So einen wie mich kann man nicht von den Bäumen pflücken, sagt Buster • **Jutta Richter** – Der Hund mit dem gelben Herzen • **Rafik Schami** – Eine Hand voller Sterne • **Hermann Schulz** – Auf dem Strom • **Jerry Spinelli** – Taubenjagd • **Andreas Steinhöfel** – Die Mitte der Welt • **Karlijn Stoffels** – Mojsche und Rejsele • **Annika Thor** – Eine Insel im Meer • **Uwe Timm** – Der Schatz auf Pagensand • **Pamela L. Travers** – Mary Poppins • **Mats Wahl** – Winterbucht **| Ausgewählt von der Kinder- und Jugendbuchredaktion der Süddeutschen Zeitung | 2005 – 2006**

Süddeutsche Zeitung Junge Bibliothek

Peter Hacks

Liebkind im Vogelnest

Dieses Buch gehört

____

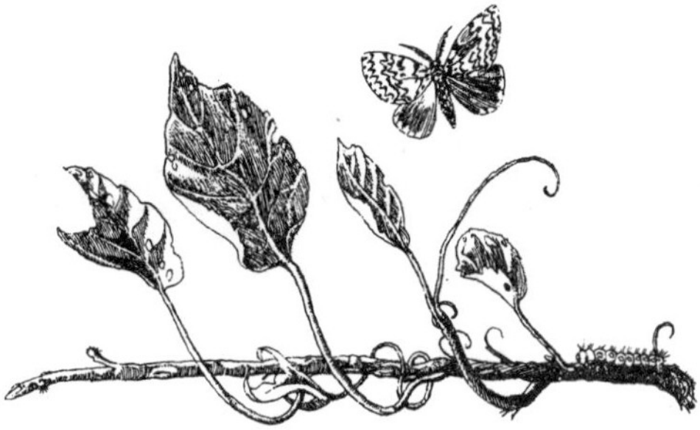

Peter Hacks

Liebkind im Vogelnest

Mit Zeichnungen von
Klaus Ensikat

Süddeutsche Zeitung Junge Bibliothek

Das Neuwort „Kapit“ ist eine Erfindung
des Illustrators Klaus Ensikat

Bibliografische Information Der Deutschen Bibliothek
Die Deutsche Bibliothek verzeichnet diese Publikation in der Deutschen Nationalbibliografie; detaillierte bibliografische Daten sind im Internet über http://dnb.ddb.de abrufbar.

Lizenzausgabe der Süddeutschen Zeitung GmbH, München
für die Süddeutsche Zeitung Junge Bibliothek 2006

Titel- und Innenillustrationen: Klaus Ensikat
Umschlaggestaltung und Layout: Eberhard Wolf
Projektleitung: Dirk Rumberg
Produktmanagement: Gabriella Hoffmann, Sabine Sternagel
Redaktion: Roswitha Budeus-Budde, Hilde Elisabeth Menzel
Satz: vmi, Manfred Zech
Herstellung: Hermann Weixler, Herbert Schiffers
Druck und Bindearbeiten: Ebner & Spiegel, Ulm
Printed in Germany
ISBN-10: 3-86615-138-1
ISBN-13: 978-3-86615-138-3

Inhaltsverzeichnis

Erstes Kapit

Ein Vorfall an der Endhaltestelle

An der Endhaltestelle entstiegen nur noch wenige Fahrgäste der Straßenbahn.
Unter ihnen befand sich ein junger Mann mit mittelblonden Haaren und einem hübschen, ernsthaften Gesicht. Er trug eine Aktentasche und machte sich munter daran, seinen Weg in Fahrtrichtung fortzusetzen.

Plötzlich nahm er eine Menschenmenge wahr, die sich auf der gegenüberliegenden Straßenseite von fern auf ihn zubewegte. Die Menge bestand aus Männern, Frauen und Kindern. Sogar einige Autos, die es nicht eilig hatten, fuhren in Schrittgeschwindigkeit neben dem Gehsteig her.

Es war ein richtiger Auflauf.

Den Gegenstand der Aufregung bildete ein älterer Herr, der, als ob ihn das Ganze nicht beträfe, still vor dem Haufen herwandelte. Seine Kleidung glich in der Tat kaum derjenigen, welche bei älteren Herren sonst üblich ist.

Er hatte nichts am Leib als ein steingraues Gewand, knöchellang, oben ausgeschnitten und auf der Schulter mit Trägern gehalten. Im Grunde muss man zugeben: Er ging im Hemde.

Dieses Hemd hielt er vorm Bauch gerafft, sodass es eine Tasche formte. Die Tasche enthielt Gartenfrüchte aller Art. Dazu hatte er einen Leinensack und ein Gartenmesser umhängen.

Im Übrigen besaß er einen klugen Kopf und schöne Augen. Sein Haar und sein Kinnbart waren kurz geschnitten. Unter sein rechtes Ohrläppchen hatte sich ein grauer Vogel geschmiegt. Der Vogel hatte einen kleinen Schnurrbart und war ein Fliegenschnäpper.

Der junge Mann mit der Aktentasche winkte dem Herrn im Hemd zu, aber der schien ihn nicht zu bemerken. Da lief der junge Mann über den Damm und gesellte sich ihm bei.

„Sie gehen aus?“, fragte er besorgt.

„Bitte sprechen Sie mich nicht an“, bat der Herr im Hemd aus dem Mundwinkel. „Ich reise unauffällig ab und will auf jeden Fall vermeiden, dass man mich beachtet. Am liebsten wäre mir, wenn gar niemand von meiner Abreise erführe."

„Keck, weg!" sagte auch der Fliegenschnäpper.

„Halt den Schnabel, Schnäpper", sagte der junge Mann und fuhr fort, sie zu begleiten.

Die verfolgende Menge rückte jetzt auf und war ihnen dicht auf den Fersen.

Der Mann im Hemd griff in seinen Bauchbeutel und warf eine Anzahl von Kohlköpfen und roten Rosen über den Rücken. Die Leute stürzten sich auf die unverhofften Gaben. Die Frauen griffen nach den Kohlköpfen, die Männer nach den Rosen. Hinterher schenkten die Männer die Rosen den Frauen, so hatten die Frauen am Ende alles.

„Das war geschickt", sagte der junge Mann. „Jetzt sind Sie alle los."

„Alle", sagte der Fliegenschnäpper, „nur Sie nicht."

„Ich muss ihn beschützen", beharrte der junge Mann.

„Ich verstehe sehr wohl, für meinen Schutz zu sorgen", sagte der ältere Herr. „Freilich, wenn Sie dauernd neben mir herlaufen, könnten wir bei der Öffentlichkeit Aufsehen erregen."

Aber schon hatte die Öffentlichkeit ihre Blumen und ihr Gemüse eingesammelt und drang wieder näher heran.

„Wie schützen Sie sich nun?", fragte der junge Mann.

„Folgendermaßen", verkündete der Herr im Hemd.

Er langte in den Umhängesack, entnahm ihm eine Hand voll Körner und streute sie mit einer geübten Armbewegung quer über den Bürgersteig und die Straße.

Sofort schoben sich feine grüne Spitzen aus der Straßendecke. Sie dehnten sich und wuchsen, und in wenigen Augenblicken stand da ein Blumenbeet, das die Straße sperrte. Es handelte sich um Stiefmütterchen, an beiden Rändern säuberlich mit rotblühenden Fuchsien abgegrenzt.

Die Leute mussten anhalten. Sie fanden keinen Weg, der durch das Beet führte. Als die Autofahrer zu dem Blumenstreifen kamen, glaubten sie, die Fahrbahn ende hier, und suchten nach der Umleitung.

„Wie lange soll das helfen?“, fragte der junge Mann den älteren.

„Lang genug für meine Zwecke“, erwiderte der.

Er rannte mit überraschender Eile zur Straßenmitte und sprang auf die Straßenbahn, die sich eben mit vielem Geklingel anschickte, zur Stadt zurückzufahren.

„Ein sehr merkwürdiges Verhalten“, sagte sein zurückbleibender Begleiter zu sich selbst. „Er springt auf eine anfahrende Straßenbahn; um nichts in der Welt hätte ich ihm das zugetraut.“

Er kehrte um, überhüpfte mit einem Satz die Stiefmütterchen mitsamt den Fuchsien und ging noch eine Strecke, so wie er es ursprünglich vorgehabt hatte.

Dann gelangte er zu einem Torgitter, das sich in einen Garten öffnete. Er durchschritt es und schlug einen gepflasterten Weg ein. Zwischen den Wegsteinen wuchs Moos, besonders an solchen Stellen, an denen ein Busch überhing und Schatten verursachte.

Mitten auf dem Weg lag ein dicker schwarzer Schnauzerhund. Er schlief fest. Als der junge Mann an ihm vorüberging, wedelte sein Stummelschwanz hin und her.

„Nett, dass du dich freust“, sagte der junge Mann.

„Worüber sollte ich mich freuen?“, sagte der Hund.
„Dass ich nach Hause komme“, sagte der junge Mann.
„Sehen Sie nicht, dass ich schlafe?“, sagte der Hund.
„Ich sehe deinen Schwanz wedeln“, sagte der junge Mann.
„Mag sein“, sagte der Hund. „Mag sein, der Schwanz wedelt. Sogar zugestanden, er tut es. Was ist hieraus zu entnehmen: Der Schwanz freut sich. Ich, was mich als vollständigen Hund betrifft, schlafe, und ich habe mein bisschen Schlaf sehr nötig. Ich habe jetzt wahrhaftig keine Zeit, mich zu freuen. Haben Sie übrigens den Knochen mitgebracht?“
„Geduld“, sagte der junge Mann.
„Ich frage mich“, sagte der Hund, „wann Sie jemals etwas Verständnis für die wirklich wichtigen Dinge des Lebens entwickeln werden.“
In dem Augenblick kam aus einem Seitenpfad ein reizendes Mädchen mit einem Blumenkorb herausgelaufen.
Ihr Kleid flatterte, um ihren Kopf flogen helle Locken. Sie hatte einen schmalen Rumpf und lange Beine, vielleicht war ihr Hintern ein bisschen zu dick. Sie stellte sich auf ihre nackten Zehen, schlang dem jungen Mann beide Arme um den Hals und überschüttete sein Gesicht mit Küssen.
Nach einer Weile kam er zu Wort und fragte: „Hat jemand das Schaf bestellt? Der Rasen muss unbedingt endlich abgefressen werden.“
„Ich denke schon“, antwortete das Mädchen.
„Wer?“, fragte er.
„Das französische Eichhorn, soweit ich weiß“, sagte das Mädchen unbestimmt. „Was machen wir heute Abend?

Du musst schrecklich müde sein. Glaubst du, du bist zu müde, um mich zu küssen? Könntest du bitte einmal meinen Korb halten?"
Der junge Mann nahm ihr den Korb ab. Das Mädchen fiel ihm wieder um den Hals und küsste ihn und redete dazwischen hundert ganze oder halbe Sätze, die, kurz auf ihren Inhalt gebracht, so viel besagten wie gar nichts.

Ihr Opfer stand mit hängenden Armen.
„Das ist ungerecht“, beklagte es sich. „Wenn ich in einer Hand den Korb trage und in der andern die Tasche, wie soll ich mich da wehren?“
„Überhaupt nicht“, sagte das Mädchen. „Wer verlangt denn von dir, dass du dich wehren sollst?“
Sie bog, ohne von seinen Lippen abzulassen, ihren Kör-

per ein wenig beiseite, und so gingen sie, in einen einzigen langen Kuss verschmolzen, in den duftenden Garten. Der Hund tapste unwirsch hinter ihnen drein.
„Schmatz, Schmatz“, ahmte er sie nach. „Ekelhaftes Getue.“

Zweites Kapit

Der Frosch im Vogelbad

Der junge Mann hieß Leberecht, das Mädchen Liebkind. Der Hund hörte, wenn es ihm gefiel, auf ihn zu hören, auf den Namen Kasper. Sie lebten zu dritt in dem großen Garten.

Leberecht bewohnte einen umgestülpten Blumentopf, aus dessen Rand eine Scherbe herausgebrochen und lose wieder eingesetzt war. Liebkinds Wohnung lag nicht weit entfernt und war ein Vogelnest.

An den großen Garten grenzte, nur durch eine Buchenhecke getrennt, ein zweiter Garten, der sich in einem ungepflegten Zustand befand und in den keiner auch nur gern einen Blick warf. Er war ein Ärgernis und ein Schandfleck. Alle nannten ihn nur den üblen Garten. Sein amtlicher Name lautete Sudelgard. Er wurde von einer Fee beherrscht. Die Fee war eine Maulwurfsgrille, ihr Name war Grilla.

Leberechts und Liebkinds Garten hingegen lenkte ein weiser Gartengott, der zu jeder Jahreszeit und bei jedem Wetter unerschütterlich auf seinem Sockel stand. Daher lief in diesem Garten alles glücklich und nach der Vernunft.

„Der Gartengott“, sagte Leberecht, nachdem er die Tasche abgelegt und der Hund seinen Knochen erhalten hatte, „denke dir, er ist in die Stadt gefahren.“

„Kann das wahr sein?“, erwiderte Liebkind. „Und was unternehmen wir heute Abend?“

„Einen Gartenspaziergang“, beschloss Leberecht. Und da Liebkind in ihrem Sinn dasselbe beschlossen hatte, stimmte sie ihm zu und hängte sich bei ihm ein.

Sie verließen den kleinen Hof mit den Katzenkopfsteinen und schlenderten in den französischen Garten, der mit seinen geschnittenen Buchsbaumumrandungen und regelmäßigen Kieswegen in der Sonne lag. Alles atmete Ruhe und Vornehmheit. Die roten Wege führten zu dem Marmorsockel, auf dem der Gartengott seinen Platz hatte. Aber der Sockel war leer.

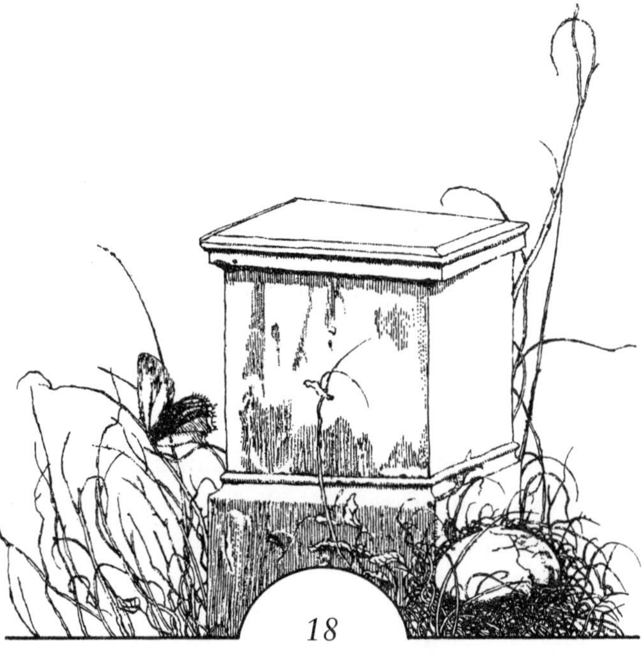

„Tatsächlich!“, rief Liebkind erstaunt. „Er ist weg.“
Sie schlenderten fort und gelangten zum englischen Garten. Der englische Garten bestand aus einer weiten Rasenfläche. Über die Fläche waren hohe Bäume und mancherlei blühendes und buntlaubiges Gesträuch in Gruppen verteilt.
„Aber das Gras steht viel zu hoch“, sagte Leberecht. „Das Schaf war doch nicht da.“
„Das Gras ist gerade richtig, um darin ein paar Küsse zu tauschen“, fand Liebkind. Sie hob behutsam den Rock ihres Kleides am Hintersaum, ließ sich ins Gras nieder und zog Leberecht zu sich.
Sie lagerten unter einem blaublühenden Eibisch, dessen trichterförmige Blüten in Massen leuchteten. Sie küssten sich, wie sie vorhatten.
Plötzlich fragte Leberecht:
„Was meintest du mit ‚tatsächlich‘?“
„Womit?“ sagte Liebkind überrascht.
„Du hast ‚Tatsächlich, er ist weg!‘ gesagt, als wir am Sockel des Gartengotts vorbeikamen. Was meintest du damit?“
„Dass er weg ist“, sagte Liebkind.
„Aber das erzähle ich dir schon die ganze Zeit“, sagte Leberecht verwundert.
„Dort habe ich es eben gesehen“, sagte Liebkind.
„Ich würde annehmen“, sagte Leberecht missmutig, „dass eine Nachricht mindestens eben so sicher ist, wenn du sie von mir erfährst, wie wenn du selber nachsiehst. Das war eine sehr unnötige Bemerkung.“
„Aber doch keine falsche“, sagte Liebkind.
„Vielleicht wäre nicht schlecht, wenn ich einen richtigen Freund hätte“, äußerte Leberecht nachdenklich.

„Gefällt dir nicht, dass ich ein Mädchen bin?“, fragte Liebkind etwas besorgt.
„Das ist eine dumme Frage“, rief Leberecht.
„Ich weiß nicht, wie dumm“, sagte Liebkind.
Mit einem Mal hatte sie beide Wangen voll Tränen.
„Man schimpft niemals mit seiner Liebsten“, schluchzte sie. „Es ist völlig überflüssig. Es genügt ganz und gar, wenn man sie lieb hat.“
„Aber du bist doch mein Kleinod“, beteuerte Leberecht.
„Nein“, wimmerte Liebkind. „Du hättest lieber einen Freund als mich, weil ich dumm bin und meinen Augen traue und Unnötiges bemerke, und ich will dein Kleinod nicht länger sein, außer wir gehen jetzt sofort baden.“
„Wenn das so ist“, sagte Leberecht, „baden wir lieber.“
Zu dem Zweck begaben sie sich in den Gemüsegarten.
Der Gemüsegarten hatte die Form eines Vierecks, auf dem gerade und gewinkelte Beete ein Muster bildeten, ähnlich dem eines Mühlebretts. Auf einigen Beeten wuchsen Gemüse aller Sorten, auf anderen Blumen aller Arten.
Das Mittelfeld wurde von einem kreisrunden Beet eingenommen. In seiner Mitte wieder stand eine bronzene Schale auf einem bronzenen Fuß. Beide, der Fuß und die Schale, waren mit einem Schmuckwerk von Blättern verziert. Das war das Vogelbad.
Liebkind erkletterte flink die Schale, hob den Rocksaum, setzte sich auf den gekerbten Rand und plätscherte mit den Zehenspitzen im flachen, lauwarmen Wasser.
„Mädchen sind merkwürdige Menschen“, sagte Leberecht. „Sie heben immer hinten den Rock hoch, bevor sie sich irgendwo hinsetzen.“

„Sie wollen ihr Kleid nicht beschmutzen“, sagte Liebkind. „Das Höschen lässt sich waschen.“

„Es ist genau“, sagte Leberecht zänkisch, „als würden wir Männer jedes Mal die Hose herunterlassen.“

„An deiner Stelle würde ich das tun“, sagte Liebkind.

Der Gedanke missfiel Leberecht nicht.

Er zog sich gleich die ganze Hose von den Beinen und ließ sich der Länge nach umspülen, den Kopf in Liebkinds Schoß, die Fersen aber auf einem metallenen Buckel, der in der Mitte des Vogelbades sanft aus dem Wasser ragte.

Sie schlossen die Augen. Sie spürten das Wasser, die Luft und die Sonne und fühlten sich gut. Da tönte eine raue Stimme und sagte herausfordernd:

„Sie da!“

Beide öffneten die Augen. Vor ihnen im Wasser saß ein grüner Frosch. Der Frosch quarrte:

„Sie dürfen hier nicht baden.“

„Das tut uns Leid“, sagte Leberecht. „Warum denn nicht?“

„Es ist verboten“, sagte der Frosch.

„Entschuldigung“, sagte Liebkind. „Wir wussten nicht, dass es verboten ist.“

„Wussten nicht!“, höhnte der Frosch. „Jeder kann sehen, dass dies ein Vogelbad ist. Sind Sie vielleicht Vögel?“

„Ich glaube nicht“, sagte Liebkind. „Aber sind Sie denn selbst ein Vogel?“

„Das tut nichts zur Sache“, erwiderte der Frosch. „Die Rede ist jetzt von Ihnen.“

„Weshalb ist die Rede von uns?“, fragte Liebkind.

„Weil ich sie auf Sie gebracht habe“, sagte der Frosch.

„Sehen Sie", sagte Liebkind friedfertig, „schließlich schlafe ich auch in einem Vogelnest."
„So?", sagte der Frosch. Und er fuhr fort und befand:
„Sie sollten längst zu Haus sein und auf Ihren Eiern sitzen."
Über diesen Vorschlag mussten Leberecht und Liebkind noch lange lachen.
„War es nicht ein wundervoller Gartennachmittag?", sprachen sie zueinander.
Leberecht gab Liebkind einen Gute-Nacht-Kuss oder mehr als einen. Dann lief sie zu ihrem Nest, dann ging er zu seinem Topf. Dort legte er sich auf den Rücken. Kaum aber, dass er sich hingelegt hatte, hörte er Liebkind ein Lied singen. Das tat sie jeden Abend, und sie tat es für ihn.
Dies sind die Worte, die sie sang:

„Liebkind sitzt im Vogelnest,
Hat ein Lied, hat ein Lied,
Hat ein Lied, das hören lässt:
Liebkind sitzt im Vogelnest.

Hat ein Lied für Tier und Pflanze,
Für das bunte Gartenganze.
Liebkind sitzt im Vogelnest.
Liebkind hat ein Lied."

„Gleich schläft sie", dachte Leberecht beruhigt. Und er wollte eben die Lider senken, als es an seiner Tür rüttelte. Draußen stand die Fledermaus. Sie wisperte ihm, aufgeregt flatternd, ins Ohr:
„Sie werden pünktlich bei Mondaufgang vor der Teelaube erwartet. Es findet eine allerdringlichste Versammlung statt."
Schon war sie entflattert. Aber sie kehrte noch einmal zu Leberechts Ohr zurück und fügte mit jener fast unvernehmbaren Stimme, über die nur Fledermäuse verfügen, hinzu:
„Strengste Geheimhaltung!"
Damit huschte sie davon und verschwand, ihren nächtlichen Botengang fortsetzend, im Dunkel.

Drittes Kapitel

Die Versammlung vor der Teelaube

Im schiefen Licht des niedrigen Mondes zeichnete sich die Teelaube schattenhaft von den anderen Schatten des Gartens ab. Sie bestand aus einer achteckigen Plattform mit einem Brettergeländer und acht Balken, die an jeder der Ecken emporstrebten und ein spitzes Dach trugen. Leberecht erkannte, dass er in einen ausgesuchten Kreis

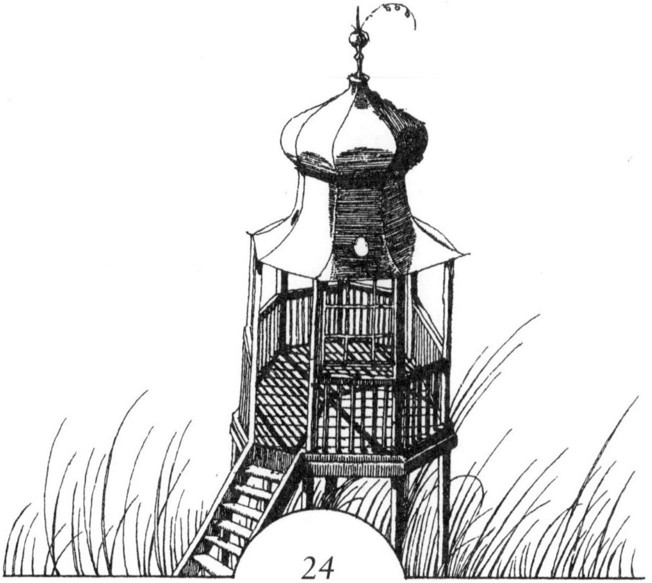

geladen war. Es waren nur Gartenpersonen von Rang und Einfluss zugegen, nicht etwa Grashüpfer oder Leute deren Schlages.

Endlich löste sich ein Tier aus der schwärzlichen Menge und bezog vor der hölzernen Treppe Posten. Es hatte einen spitzen Raffzahn, rote Haare und einen vollen Schwanz. Es war das Wiesel.

„Als das größte Gartenraubtier“, begann es, indem es die krallenreiche Pfote hob, „übernehme ich die Leitung dieser Zusammenkunft. Die Lage ist ernst und bedauerlich. Wir befinden uns in zwei Schwierigkeiten, eine unlösbarer als die andere.“

Das war ein unbehaglicher Anfang, und keinem war wohl im Herzen. Das Wiesel hob abermals die Pfote und erklärte unverblümt:

„Der Gartengott hat unseren Garten verlassen. Er kehrt niemals wieder zu uns zurück. Falls uns, meine Damen und Herren Tiere, nicht gemeinsam die Lösung einfällt, die ich hiermit in Vorschlag bringe ...“

„Es stimmt“, unterbrach Leberecht. „Der Gartengott ist fort, ich selbst sah ihn auf eine anfahrende Straßenbahn springen. Aber woher wissen wir, dass er nicht einfach die neuen Anlagen vor dem Rathaus besichtigt?“

„Eine Frage?“, sagte das Wiesel unangenehm berührt. „Gut. Klären wir sie.“

Die Versammlung spitzte die Ohren.

„Wir sind dahin berichtet“, gab das Wiesel bekannt, „dass der Gartengott sich keineswegs zum Rathaus, sondern unmittelbar zum Hauptbahnhof begeben hat.“

„Ist das wahr!“, rief die Versammlung.

„Ebenso wahr“, verriet das Wiesel, „wie es wahr ist, dass

seit heute Nachmittag ein Staudenbeet in der Bahnhofshalle wurzelt.“

Ein Seufzen durchlief die Versammlung.

„Der Gartengott“, setzte das Wiesel seine Enthüllungen fort, „begab sich zum Fahrkartenschalter für den Fernverkehr und verlangte eine Fahrkarte. Der Fahrkartenverkäufer fragte: ‚Welche Strecke?‘, und der Gartengott antwortete: ‚Die längste, die Sie auf Lager haben.‘ – ‚Rückfahrkarte?‘ fragte der Mann. Und hierauf entgegnete der Gartengott mit folgendem verbürgten Satz: ‚Kein Wort von Rückfahrt! Das französische Eichhorn hat wieder vergessen, das Schaf zu bestellen.‘“

Allen Gartenpersonen war klar, was das bedeutete.

Die Sache verhielt sich nämlich so, dass in der Nachbarschaft ein Schaf lebte, welches wöchentlich erschien, um den englischen Rasen zu scheren. Nun war aber das Schaf zu schwach im Kopf, als dass es in ihm hätte behalten können, wann eine Woche vorüber war. Es musste jedes Mal aufs Neue gemahnt werden. Das wiederum war die Aufgabe des französischen Eichhorns, welches sein Nest im französischen Garten hatte – so wie übrigens das englische Eichhorn seines im englischen Garten und das Gemüseeichhorn seines im Gemüsegarten. Es war bekannt, dass das französische Eichhorn seine Pflicht nur sehr nachlässig erfüllte, und die Blicke, die es jetzt trafen, waren wenig freundlich.

„Ah!“, rief es. „Ich très maladif, nix gesund, du versteh? Beaucoup de dépit, les passeraux ... Die Spatz, du versteh?“

„Übergehen wir vorläufig das Eichhorn“, empfahl Leberecht. „Ich bitte den Herrn Versammlungsleiter, uns

mitzuteilen, durch wen diese schreckliche Äußerung des Gartengottes verbürgt ist."
„Durch einen Zeugen", sagte das Wiesel.
„Den Namen!", forderte Leberecht.
„Was tut ein Name?", sagte das Wiesel unlustig. „Ein Verwandter von mir."
„Welcher Verwandte?", beharrte Leberecht.
Das Wiesel war unbeschreiblich verlegen. Es wand schlangenartig seinen Körper, endlich bekannte es:
„Es war die Bahnhofsratte. Sie saß zufällig unter dem Schalter, und ich bin wohl nicht die einzige Rangperson auf der Welt, die unter peinlichen Angehörigen leidet. Wollen wir nicht auf den eigentlichen Zweck unserer Beratung zu sprechen kommen?"
„Gern", sagte Leberecht.
Das Wiesel trat einen Schritt rückwärts und auf die erste Treppenstufe.
„Vorsicht", murmelte der Maulwurf, der sich unter der Erde auskannte. „Da unten sind ziemlich viele Ameisen."

Aber der Maulwurf war ein einfacher Erdarbeiter und genoss kein besonderes Ansehen. Es war eher erstaunlich, dass er überhaupt zugelassen war, und das Wiesel dachte nicht daran, ihn zu beachten.

„Es ist deutlich“, sagte es, „dass der Garten eines neuen Oberhauptes bedarf, und es ist ebenso deutlich, dass ich das bin.“ Es trat auf die zweite Stufe zurück.

Der Maulwurf murmelte ganz vergeblich: „Vorsicht“, und das Wiesel sagte in anfeuerndem Ton:

„Ich ersuche jedermann, in den Ruf auszubrechen: Lang lebe der König Hermelin!“

„Wieso Hermelin?“, fragte Leberecht. „Ich denke, Sie heißen Wiesel?“

„Ich heiße Wiesel“, entgegnete das Wiesel, „nenne mich aber Hermelin.“

„Wie das?“, erkundigte sich Leberecht.

„Ein Wiesel“, erläuterte das Wiesel, „bin ich nur im Sommer. Sobald die Witterung rau wird, glänze ich in einem schneeweißen Fell, die schwarze Schwanzspitze, die eine Zierde ist, einmal außer Acht gelassen. Die schlechte Zeit ist meine beste Zeit. Im Winter, da werdet ihr sehen.“

„Und wieso König?“, bohrte Leberecht weiter.

„Die Hermeline tragen den Pelz der Könige!“, rief das Wiesel.

„Sie sagen besser: Die Könige tragen den Pelz der Hermeline“, bemerkte Leberecht. „Der Satz klingt ähnlich, aber er ist doch nicht derselbe Satz.“

Aber weil ihm Staatsangelegenheiten im Grunde gleichgültig waren, ließ er es mit diesem ausgezeichneten Einwand bewenden. Den anderen Tieren dauerte das Gan-

ze bereits zu lange, und sie riefen: „Lang lebe der König Hermelin!“ und schickten sich zum Heimweg.
Aber der neue König hob die Pfote zum dritten Mal.
„Das war die geringste Schwierigkeit“, verkündete er. „Die eigentliche Schwierigkeit kommt erst.“
Und er gebot der Fledermaus:
„Man geleite den Gesandten der Fee Grilla vor meine königliche Person!“

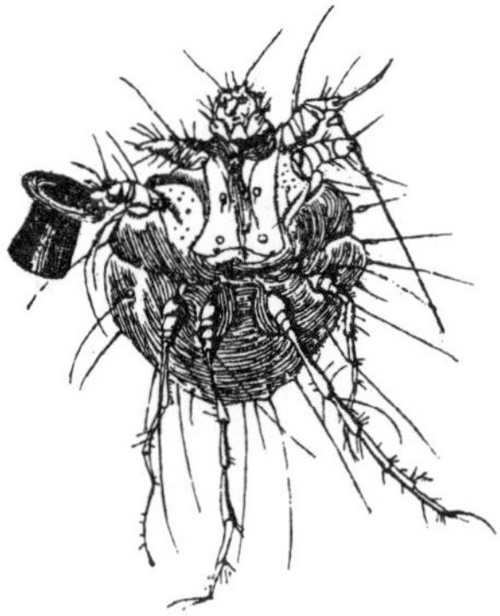

Viertes Kapitel

Milbe, Diplomat

Der Gesandte war ein auffällig rundes Tier von einer durchscheinenden hellrosa Farbe. Er machte keine Verbeugung; denn er vertrat die Herrscherin von Sudelgard, die sich vor niemandem verbeugte.

Aber er lächelte artig in die Runde und stellte sich mit süßer Stimme vor:

„Milbe, Diplomat."

„Ich bin hier der König", sagte das Wiesel. „Was beliebt meiner Base, der Fee?"

„Es kommt mir nicht zu, an Ihrem königlichen Rang zu zweifeln", sagte Milbe diplomatisch, „aber meine bescheidene Meinung steht auch gar nicht zur Frage. Ich habe hier einfach einen Zettel vorzulesen. Sie werden mir nicht den Kopf abbeißen, wie es an einigen Höfen üblich ist, sondern eine Antwort mit auf den Rückweg geben; damit ist, was meine Wenigkeit betrifft, die Sache ausgestanden."

„Sprechen Sie", sagte das Wiesel.

„Es sind nicht meine eigenen Worte", unterstrich der Diplomat.

„Wir hören", sagte das Wiesel.
„Es sind die Worte der Fee Grilla", sagte der Diplomat.
„Heraus damit", sagte das Wiesel und stampfte mit dem Fuß auf.
Der Diplomat öffnete seinen Milbenkoffer. Er entnahm ihm ein Schriftstück und begann, nachdem er es sorgsam entfaltet hatte, seinen honiggleichen Vortrag.
„Wir haben erfahren" (las Milbe im Namen der Fee), „dass Euer Beschützer, der Gartengott, verloren gegangen ist. Diese Nachricht erfüllt Uns mit Unruhe und Sorge. Wir betrachten Euren Garten als ein Gebiet, welches Uns angeht und auf das Wir ein Auge haben müssen. Wir bieten Euch Unseren Rat, Schutz und Beistand an; Ihr hattet einen strengen Vater, nun habt Ihr eine gütige Mutter. – Gegeben im Fliegenmond August, Grilla, Fee von Kerfistan, Fürstin von Kakerlak und Mückeburg, Herrin von Raupenau, der Blattlausitz und der Landschaft Meldefelde, Freiin von Asselstein."
Das war ein unheilvolles Schreiben. Es besagte, aus der Milbensprache ins gewöhnliche Gartendeutsch übertragen, dass die Grille den großen Garten zum üblen Garten schlagen und verwildern lassen wollte.
Die Augen der Versammlung hingen bang am Munde ihres Königs.
„Meine Antwort ist nein", sagte das Wiesel.
„Es war ein offenes und sachliches Gespräch", sagte Milbe. Er lächelte wieder sehr angenehm und wandte sich zum Gehen.
„Berichten Sie, dass unser Garten niemanden zu kümmern hat!", befahl das Wiesel. Es wieselte mit wellenförmigen Bewegungen auf seiner Treppenstufe hin und

her. „Über ein paar Schürfrechte für meine Base, die Fee, oder ein paar Aufenthaltserlaubnisse für ihre Untertanen wird sich reden lassen. Reden ist allemal gut. Solange man redet, regiert man nicht. Aber ...“, und mit diesem Satzanfang hüpfte es auf die höchste Stufe der Treppe und lehnte sich hochmütig gegen einen der Pfeiler, „... Aber dieser Garten ist keineswegs vaterlos. Er ist so gut verwaltet, wie ein Garten überhaupt sein kann, nämlich von mir.“

An der Stelle von des Wiesels Rede knickte der Pfeiler um. Er war inwendig leer und sank zu einem Häufchen Holzmehl zusammen.

„Aha!“, flüsterte der Maulwurf. „Die Ameisen.“

Aber das Wiesel trat mit festem Schritt in die Mitte der Teelaube und sprach:

„Ich, König Hermelin, habe in keinem Augenblick meines Lebens an meiner Unbeugsamkeit gezweifelt.“

Dann brach es durch die Plattform und verschwand senkrechten Weges in die Tiefe.

Die drei Eichhörnchen sprangen ihm blitzschnell zu Hilfe. Es gelang ihnen, gelenkig, wie sie waren, das Wiesel aus seiner Grube zu ziehen.

Aber was war jetzt?

„Mondieu!“, sagte das französische Eichhorn betreten.

„Heavens!“, sagte das englische Eichhorn.

„Dummer Fall“, sagte das Gemüseeichhorn.

Denn was sie herausgezogen hatten, war nur noch ein sauber abgenagtes Gerippe – ein blendend weißer Schädel mit scharfen Zähnen in den Kiefern sowie ein paar bleiche Knochen, die lose von ihm herabbaumelten.

„Sage ich es nicht dauernd“, erklärte der Maulwurf befriedigt. „Der ganze Staat ist unterhöhlt.“

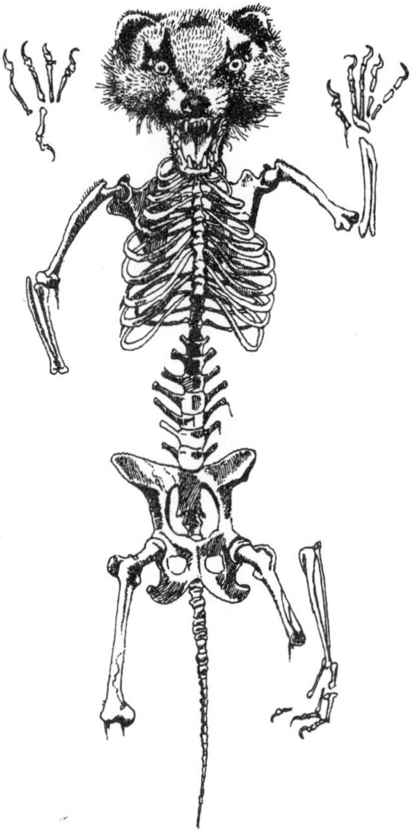

Fünftes Kapit

Der Retter des Vaterlandes

Schweigen herrschte. Als Erster endlich ließ Milbe, Diplomat, sich vernehmen.
„Was für eine Antwort soll ich nun meiner Fürstin bringen?“ klagte er. „Ich habe zwar bereits eine, aber wie es scheint, hapert es inzwischen mit dem Absender.“
Er richtete das Wort an die Versammlung:
„Oder wird die Botschaft des verstorbenen Königs von den Anwesenden gebilligt?“
„Ja, ja!“, riefen da die meisten Tiere.
Tiere, muss man wissen, sind arbeitsam, tapfer, heimatliebend und überhaupt stets besten Willens. Das Unglück ist nur, dass sie es sich nicht merken können. Sie verfügen über alle Tugenden, aber sie vergessen sie dauernd.
Die Beratung hatte sich nun schon so lange hingezogen und sie mit so ungewohnten Fragen beschäftigt, dass sie völlig erschöpft waren. Das ist der Grund, aus welchem sie „Ja, ja!“ riefen.
„Aber sehen Sie nicht, dass das nicht geht“, sagte Lebe-

recht. „Wenn wir der Fee ein einziges Mal den Zugang erlauben, stehen wir in wenigen Wochen in einem ebenso abscheulichen Ruf wie der Garten Sudelgard.“
„Das wollen wir nicht“, sagten die Tiere.
„Warum stimmen Sie dann zu?“, sagte Leberecht vorwurfsvoll.
„Wir hatten vergessen, dass wir es nicht wollen“, sagten die Tiere. Und sie riefen mit einer Stimme:
„Es lebe der König Leberecht.“
„Was für ein Unsinn“, sagte Leberecht, „ich bin doch kein König. Ich trage keinen Pelz mit schwarzer Schwanzspitze, und ich habe nicht die geringste Begabung, herumzuschreien und anderen Leuten Beine zu machen. Falls Sie es unbedingt wünschen, will ich versuchen, diese Angelegenheit für uns alle zu regeln, so gut ich eben kann.“
Die Tiere riefen:
„Es lebe der Retter des Vaterlandes.“
„Also gut“, sagte Leberecht. „Wenn es denn sein muss.“
Er nahm Milbe, den Diplomaten, beim Kragen und erklärte:
„Wir stören keinen und hassen jeden Zank. Aber wenn diese Frau sich hier blicken lässt, kriegt sie was über die Hörner. Sagen Sie ihr das.“
Und er schwenkte den Gesandten durch die Luft, dass der schneller seine Hauptstadt erreichte, als er es zu Fuß hätte.
„Das war eine ziemlich barsche Antwort“, meinte die Fledermaus. „Ich fürchte, das bedeutet Krieg.“
„Merkt hier nicht jeder“, sagte Leberecht verzweifelt, „dass wir längst im Krieg sind!“

Aber kaum einer hörte noch auf diesen Ausruf. Die Tiere hielten die Sache für erledigt und waren froh, sie sich aus dem Kopf schlagen zu können. Sie machten sich auf den Weg, jedes zu seiner Wohnung.

Auch Leberecht kehrte, trüber Überlegungen voll, zu seinem Blumentopf zurück. Vor dem Topf schlief der Hund Kasper.

„Wach auf, Kasper", sagte Leberecht.

„Jetzt wecken Sie mich sogar schon in der Nacht", sagte Kasper. „Haben Sie eigentlich eine Ahnung, wie spät es ist?"

„Wenn ich dir jetzt sagte", hob Leberecht an, „wir müssen scheiden, Kasper, frage nicht nach dem Grund, lauf, wohin du willst – was würdest du erwidern?"

„Nichts", sagte Kasper. „Ich ziehe ohnehin vor, weiterzuschlafen."

„Im Ernst", nahm ihn Leberecht ins Verhör. „Wenn ich dich vors Tor setzte und dir befähle: Pack dich und komm nie wieder?"

„Dann würde ich Ihnen nicht gehorchen", sagte Kasper.

„Und wenn ich einen Knüppel nach dir schmisse?"

„Würde ich ihn zurückbringen."

„Und wenn ich dich aber an der Schnauze träfe?"

„Würde ich jaulen."

„Und fortlaufen?"

„Und bleiben."

„Und wie", fragte Leberecht, „wird man dich los?"

„Auf keine Weise", sagte Kasper gelangweilt.

„Selbst du!", stöhnte Leberecht.

„Seien Sie vernünftig", sagte Kasper. „Sie sind mein Herr, ich gehöre zu Ihnen. Das Gespräch, beiläufig, hat mir

Hunger gemacht. Haben Sie nicht zufällig noch einen Knochen in der Kiste?"

Er blickte eine Weile erwartungsvoll nach der Stelle, wo die Futterkiste eingegraben war, und sank dann in seinen Schlummer zurück.

Leberecht betrat den Topf und setzte sich auf die Erde. Im Dach des Topfes befand sich ein rundes Loch. Der Mond schien schräg zu dem Loch herein und warf eine kreisförmige Scheibe von Licht auf den Fußboden. Leberecht starrte auf den Lichtfleck. Er spürte, wie, gegen seinen Willen, ein schrecklicher und grausamer Entschluss in seinem Innern sich bildete und immer deutlicher Gestalt annahm.

Der Mond zog seinen Bogen von Ost nach West. Der Fleck zog seinen Bogen in entgegengesetzter Richtung. Als der Fleck im Osten anhielt, war die Nacht um und war Leberechts Entschluss fertig. Sein Gesicht war blass und streng.

„Sogar der Hund will sich nicht wegschicken lassen", dachte Leberecht. „Es wird nicht leicht sein."

Sechstes Kapitel

Am Bett der Fee Grilla

Der Palast der Fee von Kerfistan dehnte sich mit seinen Gängen und Sälen unter der Wurzel einer uralten Mooreiche.

Im Schlafzimmer des Palastes hatte sich eine Gruppe würdiger Herren eingefunden, um der Fee ihre Frühauf-

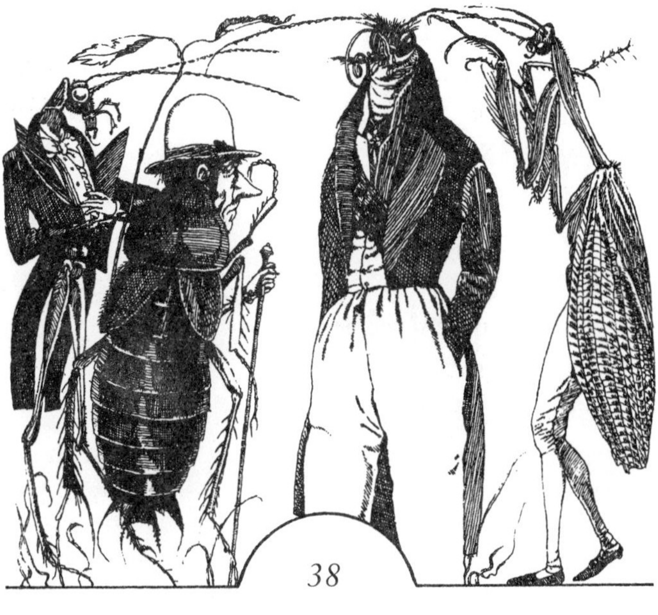

wartung abzustatten. Sie harrten seit Stunden, dass es ihrer Fürstin gefallen möge, munter zu werden.
Da konnte man die Vertreter der einzelnen Verbände sehen, zu denen die Untertanen der Fee, die Kerbtiere, zusammengeschlossen waren. Es hat ja nicht jedes Kerbtier die gleiche Lebensweise. Einige fressen Pflanzen, andere Fleisch. Es gibt sogar Kerbtiere, die Kerbtiere fressen. Nach ihren Ernährungsgewohnheiten bilden sie die so genannten Stände, und deren Anführer sind Männer, die im Reich nicht wenig zu sagen haben. Im Augenblick freilich schwiegen sie. Die oberste Blattlaus ragte unter ihnen hervor, nicht minder der Vorsteher der Knospenstecher oder der Gelbrandkäfer, der für eine Unzahl räuberischer Wasserungeheuer sprach, freilich im Augenblick schwieg. Nicht fehlen durften auch die Botschafter derjenigen auswärtigen Mächte, die keine Kerbtiere waren, aber ähnliche Ziele verfolgten. Die Bisamratte war der Botschafter der Wühlmäuse. Die Nacktschnecke war der Botschafter des Schneckenstaates. Sie wandten einander die Brust zu und prahlten unauffällig mit ihren Orden.
Die Fee Grilla ruhte auf einem Lager von wunderbarem Geschmack. Es war mit schimmliger Erde gepolstert und mit einem Himmel von feinen Wurzelfasern, die aus der Eichendecke des Schlafgemaches herauswuchsen, geschmückt. An der Bettkante stand in gestreiftem Gehrock der Coloradokäfer. Er war der Haushofmeister und beobachtete den Schlummer der hohen Frau.
Endlich rührte sich die Grille.
Sie wälzte und rekelte sich. Sie gähnte mit den sägezähnigen Kiefern, strampelte sich das verfaulte Blatt, mit dem sie bedeckt war, vom Leibe und wischte sich mit dem lin-

ken Hinterfuß die verklebten Winkel ihrer Glotzaugen. Dann starrte sie mit einem unbeschreiblich stumpfsinnigen Ausdruck ins Leere.

„Ihre sechsbeinige Majestät geruhen zu erwachen“, verkündete der Coloradokäfer mit feierlicher Freude. Alle Stände und Mächte verneigten sich.

Mit einem Ruck setzte sich die Grille auf und begann zu frühstücken. Sie fraß einfach ihren Betthimmel. Das Frühstück hing ihr in den Mund, das war geschickt eingerichtet.

Hiernach zeigte sie sich in aller Unbefangenheit bei der morgendlichen Körperpflege.

Eine grüne Raupe, welche das Amt der Zofe versah, schliff die Scheren ihrer Fingernägel und schärfte die Krallen ihrer Zehennägel. Sie scheuerte den Panzer, den Grilla um den Busen trug. Und sie striegelte ihr die langen, fetten Keulen, die prall in einer hautengen Hose von rostrotem Rauleder steckten.

Diese Tätigkeiten vollzogen sich mit unvorstellbarer Flinkheit. Denn die Raupe hatte Hunderte von Händen und wand sich während der Arbeit um ihre Herrin, sodass sie alle Körperstellen zugleich versorgte.

„Ging das nicht schon schneller?“, fragte die Fee.

Die gescholtene Raupe krümmte sich zur Null.

„Weiter“, sagte die Fee. „Sei nicht so empfindlich.“

Die Raupe schnellte sofort zu ihrer ganzen Länge empor und machte sich mit der Vielzahl ihrer Hände daran, die zarte und durchsichtige Flügelschürze, die Grilla über dem mächtigen Popo trug, in Falten zu legen. Die Fee nahm inzwischen Kenntnis von den zum Morgenempfang Geladenen.

„Ist die Milbe zurück?“, sagte sie.
Der Coloradokäfer winkte nach Milbe. Milbe trat vor, aber nicht gern.
„Du hast meine Verlautbarung drüben verlesen?“, sagte die Fee.
„Wie befohlen“, sagte Milbe.
„Wann wünschen sie, dass ich einrücke?“ sagte die Fee.
„Sie wünschen es gar nicht“, sagte Milbe.
„Wer ist ‚sie‘?“, sagte die Fee. „Der Gartengott ist fort, und es gibt dort sonst niemanden.“
„Sie haben jetzt einen Menschen“, berichtete Milbe.
„Einen Menschen?“, sagte die Fee.
„Leider, so ist es“, sagte Milbe. „Und der sagt ...“
„Was sagt der Mensch?“, sagte die Fee.
„Sie können mir mit einem Daumendruck den Kopf abkneifen“, sagte Milbe mit großer Festigkeit, „aber er sagt, wenn Sie sich drüben blicken ließen, bekämen Sie eins über die Hörner.“
Die Fee setzte Milbe die Schere ihrer rechten Vorderhand an die Kehle. „Weißt du nicht“, sagte sie, „dass ich dir mit einem Daumendruck den Kopf abkneifen kann?“
„Das waren meine eigenen Worte“, erwiderte der Diplomat.

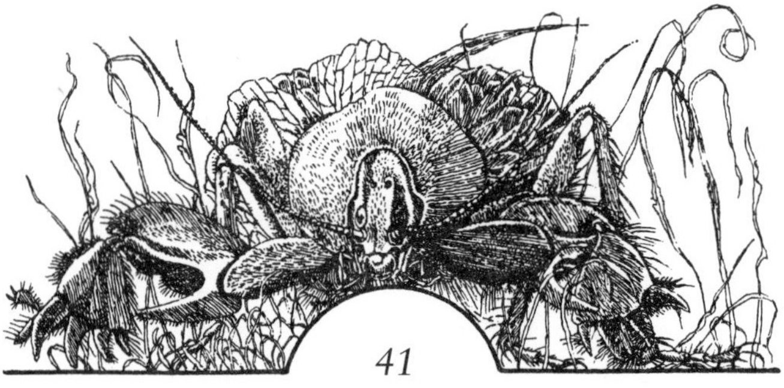

„Ausnahmsweise richtig“, sagte die Fee Grilla und kniff ihm den Kopf ab.
Ihre Laune besserte sich durch diesen Vorfall.
„Ich erlasse hiermit ein Gesetz zur Auslöschung des großen Gartens“, verkündete sie aufgekratzt. „Machen Sie sich bereit, meine Herren; der Angriff erfolgt in fünf Minuten.“
Dieser Befehl kam völlig überraschend, sogar für die Ständevertreter und die Botschafter der befreundeten Staaten. Wie alle Leute, die verblüfft sind, redeten sie erst einmal dummes Zeug.
Das Gelände des großen Gartens, gaben sie zu bedenken, tauge nicht zum Kriegsschauplatz; es sei zu trocken für kriechende und zu zugig für fliegende Kerfe, und man finde viele Vögel dort und wenig Deckung. Die meisten Soldaten seien noch überhaupt nicht in die richtige Stimmung gebracht. Die Schnecken, erklärte die Nacktschnecke, hätten Angst vor den Drosseln, welche die boshafte Kunst beherrschten, Schneckenhäuser auf Steinen zu zertrümmern; im Übrigen käme das Volk der Schnecken, wenn es käme, langsam, und selbst das nur bei Regen. – Es waren nichts als Klagen, was sie vorbrachten, und Einwände, die nicht hilfreich waren.
„Es gibt“, erläuterte die oberste Blattlaus, „schwarze, rötliche und grüne Blattläuse. Die schwarzen Blattläuse sind natürlich für den Feldzug, aber die rötlichen und die grünen legen Wert darauf, dass man sie bittet.“
Wer wollte nicht gleich Kaiser sein, wenn es nur keine Standesherren und keine Verbündeten gäbe?
Die Fee Grilla hörte sich all das Gemurre und Gemaule

mit unbewegtem Gesicht an. Dann öffnete sie ihre Kiefer und sprach:
„Ich pflichte Ihren Ratschlägen bei. Sie zeigen Ihre Liebe zu meiner Person und zu meiner Sache. Es ist nötig, dass wir den feindlichen Garten in einen Zustand versetzen, der dessen Bewohnern den Mut raubt, unsere Truppen kühn stimmt und sich für unsere Art der Kriegführung eignet."
„Welch erhabene Weisheit!", sprachen die Herren erleichtert.
„Wir wollen folglich dort etwas Ursprünglichkeit und Urwüchsigkeit wieder einführen", fuhr die Fee Grilla fort, „für die zweckmäßigste Stelle aber erachte ich den englischen Rasen. Erstens, weil dieser an unsere Grenze stößt, und zweitens, weil, soweit ich höre, das Schaf noch immer nicht erschienen ist."
Ein unbändiger Jubel durchtoste den Raum. „Hurra!", riefen die Herren. „Ein Hurra unserer sechsbeinigen Majestät."
„Wir beginnen den Krieg zum befohlenen Zeitpunkt", sprach diese große Herrscherin, „aber für den Anfang verstecken wir ihn noch."
Man kann nämlich einen Krieg so gut verstecken wie ein Taschentuch oder eine Mütze.

Siebentes Kapitel

Liebkinds Verstoßung

Am selben Morgen pochte Liebkind an die Topfscherbe und rief vergnügt:
„Darf ich hereinkommen?“
„Das musst du wohl“, sagte Leberecht aus dem Topfinnern.

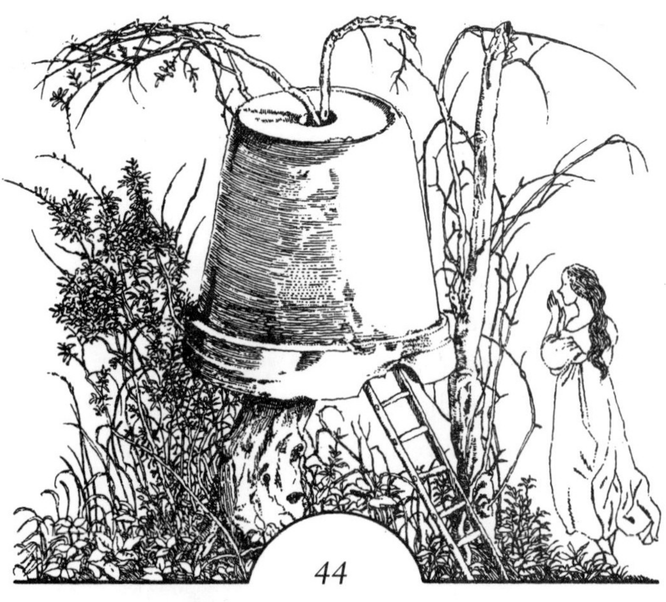

„Warum muss ich?", sagte Liebkind und kam herein. „Du konntest doch ebenso gut herauskommen."
„Sein muss, dass wir miteinander sprechen", sagte Leberecht, der noch auf dem Erdboden hockte. „Es handelt sich um einen Entschluss, den ich heute Nacht gefasst habe, und du brauchst dich gar nicht erst am Rocksaum zu zupfen und auf lange einzurichten; denn über einen gefassten Entschluss gibt es wenig Worte zu verlieren."
Das war ein finsterer Ton, den Liebkind an Leberecht nicht kannte. So blieb sie gehorsam stehen und richtete sich auf ein knappes Gespräch ein, obgleich sie ausführlichere Gespräche vorzog.
„Wir müssen uns trennen, Liebkind", sagte Leberecht, „und für immer."
„Hast du mich nicht mehr lieb?", fragte Liebkind erschrocken.
„Albernheit", sagte Leberecht.
„Was ist daran albern?" sagte Liebkind.
„Wenn man sich trennen muss, und für immer", setzte Leberecht auseinander, „dann spielt es keine Rolle mehr, ob man sich lieb hat oder nicht. Es ist dann eben alles vorbei und wie nie gewesen."
„Du verstößt mich?", sagte Liebkind.
„O Gott", stieß Leberecht hervor, „wie oft soll man denn alles sagen?"
Liebkind begann zu weinen.
„Was habe ich denn verbrochen?", schluchzte sie. „Ist es, weil ich manchmal Unnötiges bemerke?"
Leberecht hätte in diesem Augenblick nichts lieber getan, als sie in den Arm zu nehmen und ihr Haar zu streicheln. Stattdessen sagte er:

„Du willst den Grund meines Entschlusses hören?"
Liebkind nickte.
„Und wenn ich dir versichere", warnte Leberecht, „dass es besser wäre, du erführest ihn nie?"
„Dann auch", sagte Liebkind.
„Nun", sagte Leberecht gequält, „es war zu befürchten."
Und er unterrichtete sie, so wie es ihr Wunsch war.
„Ich bin in Gefahr geraten. Es ist unwahrscheinlich, dass ich heil herauskomme. Behielte ich dich bei mir, zöge ich dich mit in die Sache, und du wärest auch in der Gefahr, und das ist, weshalb du mich verlassen wirst."
„Wenn ich dir nicht helfen kann", bettelte Liebkind, „aber warum muss es denn gleich für immer sein? Ich könnte ja vielleicht nachher zu dir zurückkehren."
„Zum Teufel", sagte Leberecht. „Verstehst du nicht, dass du mich störst?"
„Nein, das verstehe ich nicht", sagte Liebkind.
„Ich kann nicht gleichzeitig an meinen Kampf und an dich denken", sagte Leberecht wütend. „Du würdest traurig sein, wenn mir etwas zustieße, und das stört mich, und darum musst du mir von der Seele."
„Ich würde kein bisschen traurig sein", sagte Liebkind und wischte sich die Tränen von der Nase. „Wer trauert um einen ausgemachten Dummkopf, wie du einer bist?"
„Warte", sagte Leberecht. „Wohin gehst du?"
„Fort", sagte Liebkind. „Über einen gefassten Entschluss gibt es wenig Worte zu verlieren, oder?"
Sie rannte zur Tür hinaus, kam dann aber doch wieder.
„Was für eine Art Gefahr, übrigens, ist es?", erkundigte sie sich.

„Sei froh“, sagte Leberecht, „dass dich das nun nichts mehr angeht.“

„Ich bin froh, dass du mich nun nichts mehr angehst“, sagte Liebkind und knallte die Scherbe zu, dass sie Sprünge bekam und die gebrannten Tonkrümel an den Rändern des Blumentopfes herabbröckelten.

„Uff“, sagte Leberecht zu sich selber, „es lief glatter, als ich zu hoffen wagte. Freilich, sie ging im Zorn. Aber sie ist ein Mädchen, und eine gewisse Aufregung war kaum zu vermeiden.“

Liebkind eilte zum Vogelnest und packte. Nachdem sie die fünf Höschen, die sie besaß, mit einem Bindfaden zusammengebunden und in den Faden eine Schlaufe geknüpft hatte, stieg sie über den Nestrand und wanderte den Weg hinab, dem Ausgang entgegen.

Die Augustsonne strahlte. Hohe Stockrosen ragten vor einem blassblauen Himmel. An ihren dicken Stängeln hafteten unzählige Blüten wie bunte Ohren.

„Ah, Liebkind, so ganz de bon matin?“, rief ein Eichhorn von einem Zweig herunter. „Was für ein Wetter, formidable, admirable, beaucoup de soleil, du versteh?“

„Guten Morgen, französisches Eichhorn“, rief Liebkind zurück.

Auf einem anderen Zweig saß noch ein Eichhorn.

„Hallo, Liebkind“, rief es. „Isn't it a beautiful morning?“

„Guten Morgen, englisches Eichhorn“, rief Liebkind zurück.

Natürlich kam sie auch am Gemüseeichhorn vorbei. Das Gemüseeichhorn rief ihr ein „Da schau her“ und Liebkind dem Gemüseeichhorn ein „Guten Morgen“ zu.

Dann ereignete sich ein kleiner Zwischenfall.

Mitten im Wegpflaster lockerte sich ein Klümpchen Moos aus seiner Ritze und wurde fortgeschoben. Hinter dem Moos drein entquoll der Erde eine Menge Sand und immer noch mehr Sand und türmte sich zu einem Haufen. Und aus der Spitze des Haufens stieß eine lange schwarze Nase hervor, und endlich erschien oben der Maulwurf und ward sichtbar bis zur Hälfte seines Leibes.

„Obacht!" sagte der Maulwurf.

„Was haben Sie denn hier zu graben?", fragte Liebkind vorwurfsvoll. „Ich wäre fast über Sie gestolpert."

„Deswegen habe ich schließlich ‚Obacht!' gerufen", verteidigte sich der Maulwurf. „Können Sie mir zufällig Auskunft geben, wo ich mich hier befinde?"

„Genau auf der Straße", sagte Liebkind.

„Genau dort also, wo ich nicht sein soll", stellte der Maulwurf betrübt fest. „Ich hatte vor, das Radieschenbeet umzugraben, aber Sie wissen ja, wie es um meine Augen steht. Ich sehe ja schon so gut wie nichts mehr. Das Merkwürdige an der Sache bleibt, dass ich immer an den unpassendsten Stellen herauskomme. Es scheint ein vielversprechender Tag zu werden, oder irre ich mich da auch?"

„Es wird bestimmt ein erstklassiger Tag", sagte Liebkind.

„Nichts für ungut", sagte der Maulwurf. „Würde ich Ihnen sehr viel Verdruss zumuten, wenn ich Sie bäte, den Sand wieder anzutreten?"

Er verschwand, indem er eine winzige Öffnung hinterließ.

Liebkind versuchte, den Haufen in die Öffnung zurückzustoßen. Aber die Öffnung verstopfte sich sofort. Ihr blieb nichts übrig, als den Sand mit dem Fuß möglichst gleichmäßig über die Steine zu verteilen.

Dann gelangte sie zum Tor. Sie entriegelte den Torweg und verriegelte ihn von außen.
„Dieser elende Dummkopf“, dachte sie, als sie auf die Straße trat. „Glaubt, er kann mich loswerden. Aber ich werde herauskriegen, in welcher Gefahr wir uns befinden, und ich werde die Gefahr mit ihm teilen, ob es ihn nun stört oder nicht. Denn ich will keine Sekunde länger leben als mein Leberecht, dieser unbeschreibliche Dummkopf.“

Achtes Kapitel

Ein Gärtnerjunge namens Georg

Der Stadtverordnete Theremin hatte eine anstrengende Sprechstunde hinter sich. Viele Leute waren zu ihm gekommen, jeder mit seinem Ärger. Bei einigen hatte er die Ursache des Ärgers beseitigen können, den übrigen hatte er empfohlen, sich nicht zu ärgern.

Es war heiß, selbst hier im alten Backstein-Rathaus des Stadtviertels. Der Stadtverordnete hatte die Jacke ausgezogen und die Knöpfe an den Hemdsärmeln geöffnet. Dennoch war er froh, als er auf den Wartebänken im Gang nur noch einen Besucher vorfand.

„Bitte eintreten zu wollen“, forderte er ihn auf.

Dieser letzte Besucher war ein sehr junger Mensch, dessen Beine in schweren Stiefeln steckten. Er trug eine braune Kordsamthose, dazu eine schwarze Tuchweste. Über den Kopf hatte er sich den Stumpen eines Filzhutes gestülpt, welcher fast gänzlich der Krempe ermangelte.

Er folgte der Einladung, setzte sich auf den Stuhl vor dem Schreibtisch und sagte:

„Guten Tag, Onkel.“

„Lass mich nachdenken“, sagte der Stadtverordnete Theremin. „Du bist der Anselm, nicht wahr?“
Der sehr junge Mensch schüttelte den Kopf und entgegnete: „Ich bin nicht der Anselm.“
„Der Hugo?“, riet der Stadtverordnete. „Der Ernst? Nein? Aber ich glaube nicht, dass ich noch mehr Neffen besitze, jedenfalls habe ich nie einen weiteren erwähnen hören.“
„Ich bin nicht dein Neffe, Onkel“, sagte der sehr junge Mensch.
„Wenn ich schon dein Onkel sein soll“, sagte der Stadtverordnete mit unleugbarer Vernunft, „aber dann müsstest du schon mindestens mein Neffe sein.“
„Ich bin deine Nichte“, sagte der sehr junge Mensch. „Ich bin Liebkind.“
„Aber du siehst nicht aus wie ein Mädchen“, sagte der Onkel.
„Das freut mich“, sagte Liebkind. „Hiervon hängt mein Plan ab. Jetzt brauche ich nur noch eine Wohnung.“
„Eine Wohnung!“, rief der Onkel erschrocken.
„Keine Angst“, beruhigte ihn Liebkind. „Die Wohnung ist vorhanden.“
„Von vorn“, befahl der Onkel.
„Ich bin ausgezogen“, begann Liebkind.
„Aus welchem Grund?“
„Mein Freund verlangt es.“
„Weshalb?“
„Er sagt es mir nicht.“
„Ein unguter Knabe“, mutmaßte der Onkel.
„Aber nein!“, widersprach Liebkind empört. „Er ist der beste Mensch auf der ganzen Welt.“
Der Onkel steckte beide Daumen unter die Hosenträger

und ließ sich die auf den Bauch knallen. Dann stellte er die entscheidende Frage:
„Liebt er dich denn?"
„Kann sein, zu sehr", sagte Liebkind dunkel.
„Bei all meinen Erfahrungen als Volksvertreter", sagte Theremin, „das begegnet einem selten." Und er forschte weiter und fragte:
„Wie behandelt er dich?"
„Einmal", erzählte Liebkind, „habe ich ihn mit einer Grasblüte im Ohr gekrabbelt, und er sagte: ‚Lass das, mein Engel', und dann habe ich ihn wieder im Ohr gekrabbelt, und er sagte: ‚Kind, es reicht', und wie ich ihn zum dritten Mal gekrabbelt habe, sagte er: ‚Ich bin dir jetzt wirklich böse'."
„Es ist schwer", sagte der Onkel, „hieraus Sicheres zu entnehmen."
„Es kommt überhaupt nicht darauf an, ob er mich liebt", erklärte Liebkind mit Bestimmtheit. „Das einzige, was zählt, ist, dass ich ihn liebe und niemals aufhören werde, ihn zu lieben."
Auf diese Auskunft hin gab sich der Stadtverordnete Theremin geschlagen.
„Wenn der Fall so liegt", sagte er. „Was möchtest du, dass ich tue?"
– Wer dem oben geschilderten Auftritt im Rathaus beigewohnt hat, wird sich nun kaum mehr wundern, wenn kurz danach an der Endhaltestelle zwei Menschen aus der Bahn kletterten: ein dicker, schwitzender Herr und sein Begleiter, der ihn, obgleich er bereits ein Jüngling war, an der Hand gefasst hielt. Sie gingen die Straße fort und erreichten das Tor des Gartens.

Kasper schlief auf dem Weg.

Als die Fremden vor dem Tor anhielten, wedelte er seltsamerweise mit dem Schwanz. Noch seltsamer war, dass er seinen Schlaf unterbrach und in den Garten schlurfte, um Leberecht zu verständigen.

Leberecht kam und lehnte sich über das Gitter.

„Sie sind hier im Garten?“, fragte der Dicke und wischte sich die Stirn ab.

„Ja“, sagte Leberecht.

„Sind Sie der Besitzer?“, fragte der Dicke. Leberecht sagte:

„Ich kümmere mich um ihn.“

„Verstehe“, sagte der Dicke. „Ich komme von der Stadt.“

„Sind Sie der Besitzer?“, fragte Leberecht.

„Ich kümmere mich um sie“, sagte der Dicke.

„Verstehe“, sagte Leberecht.

„Aus diesem Garten“, sagte der dicke Herr, „hat sich nach unseren Angaben eine Bürgerin fortgemeldet, eine gewisse ...“ Er blätterte in seinem Merkbuch und tat, als ob er darin nachsehe. „Eine gewisse Liebkind. Stimmt das?“

„Gott sei Dank“, bejahte Leberecht. „Es stimmt.“

„Ich bringe den neuen Mieter“, sagte der dicke Herr. „Ich bin der Stadtverordnete Theremin, die Einweisung ist amtlich.“

Leberecht betrachtete den Mieter. Ihm war angenehm, ihn zu betrachten.

„Es lässt sich darüber reden“, sagte er zu dem Stadtverordneten. Und zu Liebkind sagte er:
„Was ist dein Beruf?“
„Gärtnerjunge“, sagte Liebkind.
„Das trifft sich“, sagte Leberecht. „Und dein Name?“
„Georg“, sagte Liebkind.
„Georg“, fragte Leberecht, „hast du eine Freundin?“
„Nein“, sagte Liebkind. „Wozu?“
„Eine kluge Antwort“, lobte Leberecht. „Es empfiehlt sich am Ende nicht wirklich, eine Freundin zu haben. Sie sind ja alle bloß Mädchen, nicht wahr? Ein Freund, das ist es, was ein Mann braucht. Ich selbst hatte nie einen richtigen Freund. Außer Kasper natürlich, aber das ist nicht genau das, was ich im Sinn habe. Du könntest vielleicht eines Tages mein Freund werden, Georg.“
„Vielleicht“, sagte Liebkind.
„Dann also abgemacht“, sagte Leberecht zu Herrn Theremin und drückte ihm die Hand. „Georg wohnt hier. Er gefällt mir. Er ist ein netter Junge und von wenig Worten.“
Und er gab bereitwillig das Tor frei, und Liebkind hielt ihren Einzug in den großen Garten.

Neuntes Kapit

Leberechts Freund

„Die Lage hier ist Folgende“, eröffnete Leberecht.
Er und sein Mieter saßen gegen die Außenwand des Blumentopfes gelehnt, beide mit langen Beinen.
„Der Gott unseres Gartens ist abgereist, und zwar bis ans Ende der Welt, von wo selten einer zurückkehrt, und

wenn doch, dann nicht bald. So ist es irgendwie dahin gekommen, dass man mir die Geschäfte übertragen hat. Das bedeutet aber nur Not und Plage. Denn im Nachbargarten herrscht eine unerfreuliche Fürstin. Sie ist eine Erdgrille und eine Fee, eine durch und durch schädliche Person, es spricht nichts für sie. Diese nun hat uns allen, wie wir hier leben, den Krieg angesagt und bedroht uns mit Vernichtung."

„Warum vertrauen Sie mir diese Dinge an?", fragte Liebkind. „Sie kennen mich erst seit einer halben Stunde."

„Es ist ja kaum ein Geheimnis dabei", sagte Leberecht. „Und es ist erforderlich, dass du über die Art der Gefahr in allen Einzelheiten Bescheid weißt, mein lieber Georg."

„Klar", sagte Liebkind.

„Noch kannst du anderswohin ziehen", sagte Leberecht.

„Ich bin ein Gärtnerjunge", sagte Liebkind. „Ich bleibe."

Leberecht schlug Liebkind auf die Schulter.

Liebkind schlug Leberecht auf die Schulter, wobei sie sich bemühte, ihm kräftig weh zu tun. Falls es ihr gelungen sein sollte, ließ er es sich jedenfalls nicht anmerken.

„Es waren drei Maßnahmen zu treffen", setzte er seine Eröffnungen fort, „und das in der richtigen Reihenfolge. Zuerst musste ich meine Liebste beseitigen, ihr Name war Liebkind."

„Warum mussten Sie sie beseitigen?", fragte Liebkind.

„Wer in die Schlacht zieht, trennt sich von Weib und Kind", sagte Leberecht. „Das ist so."

„Um Himmels willen", sagte Liebkind, „sie hatte auch noch ein Kind?"

„Nein, wieso?", sagte Leberecht verwirrt. „Liebkind auch

noch ein Kind? Das wäre in der Tat überflüssig gewesen. Sie allein genügte völlig, was das Kindische angeht."

„Die zweite Maßnahme?", fragte Liebkind.

„Ist", erläuterte Leberecht, „für morgen vorgesehen. Der Garten muss gekräftigt werden. Wir brauchen starkes Wachstum und Blüte in allen Bereichen. Das wird Arbeit kosten, denn es steht nicht überall gut, und am schlimmsten steht es um den englischen Rasen."

Das französische Eichhorn zeigte sich im stumpfen sommerlichen Grün einer Linde und spähte neugierig auf den Gärtnerjungen herunter.

„Das ist mein Freund Georg", stellte Leberecht vor.

„Ah, bel ami!", quiekte das Eichhorn.

„Ich verlasse mich darauf, dass das Schaf zur Stelle ist", sagte Leberecht streng.

„Oui, oui, subito, dawai, dawai!", versicherte das Eichhorn in seinem besten Französisch. Sein roter Schwanzbusch wehte, und fort war es.

„Was ist die dritte Maßnahme?", erkundigte sich Liebkind.

„Kampf eben", warf Leberecht hin. „Kampf auf Leben und Tod. Dieser letzte Teil erfordert eigentlich die geringste Anstrengung."

Damit war alles erklärt. Und er lächelte und sagte aufmunternd:

„Also suche dir jetzt eine Wohnung, mein lieber Georg, damit du morgen ausgeruht bist."

„Eine Wohnung?", sagte Liebkind erstaunt. „Ich habe doch schon eine."

„Fein", sagte Leberecht. „Wo denn?"

„Na, die, die frei geworden ist", sagte Liebkind. „Das Vogelnest."

„Das was!“, brüllte Leberecht.

„Wie ich sage“, sagte Liebkind, „ich werde in dem alten leeren Nest wohnen. Ich bin da eingewiesen.“

„Wenn das Nest alt ist“, versetzte Leberecht grimmig, „so ist es mir erst recht wert und heilig, und wenn es leer ist, bleibt es leer. Du Lümmel in Liebkinds Nest, da sei Gott vor!“

Das war grob. Aber nichts hätte Liebkind so glücklich machen können wie diese Grobheit. „Er liebt mich ja“, dachte sie. Unter ihrem linken Busen hüpfte ihr Herz vor Freude, und so wurde ihr ein wenig schlecht.

Leberecht bemerkte ihre Blässe. Er entschuldigte sich und sagte:
„Ich wollte dich nicht kränken. Damit du siehst, dass es mir mit unserer Freundschaft Ernst ist, will ich dich zu mir nehmen, und du sollst mit mir in meinem Blumentopf hausen."
So gut das Angebot gemeint war, es verbot sich aus einer großen Zahl von Gründen.
„Ich danke Ihnen", sagte Liebkind. „Aber ich habe gewisse nächtliche Angewohnheiten und ziehe eigene Räumlichkeiten vor. Ich empfehle, dass wir uns noch über die morgige Maßnahme Gedanken machen. Anschließend sehe ich mich nach etwas Passendem um, in einem Garten sind viele Wohnungen."
„Vorzüglich", lobte Leberecht. „An was für Gedanken denkst du?"
„Ich denke an etwas wie einen Aufruf", sagte Liebkind.
„Ein Aufruf ist nie falsch", stimmte Leberecht zu. „Wollen wir die Sache: Vollständiger Garteneinsatz nennen oder: Dienstliche Hauptverpflichtung?"
„Das sind ziemlich beängstigende Worte", meinte Liebkind, „wenn man sie an so kleine und schreckhafte Tiere richtet, wie wir das vorhaben. Die Überschrift, die ich vorschlage, lautet: Allgemeines Arbeitsvergnügen."
Sie gingen ans Werk und gelangten zu nachstehendem Wortlaut:

Allgemeines Arbeitsvergnügen!
Ein sauberer Garten ist ein gesunder Garten. Ein gesunder Garten wird von jedermann in Frieden gelassen.

Ich wünsche, dass die Fee Grilla uns mit sich in Frieden lässt.
Ich rufe jeden Gartenbewohner zu einem Allgemeinen Arbeitsvergnügen auf. Ziel ist die Aufräumung des englischen Rasens.
Jeder wirkt mit! (Aufstellung an der Pumpe).

Leberecht

„Geschafft“, sagte Liebkind. „Und jetzt kümmere ich mich um meine Wohnung.“
Sie lief in den Garten hinaus und kam an Kasper vorüber. Kasper entschloss sich aufzuwachen und ging dicht neben ihr her.
„Was ist, Hund?“, fragte sie ihn. „Willst du mich beißen?“
„Nicht doch“, sagte Kasper.
„Guter Hund“, sagte sie beschwichtigend. „Aber weshalb beschnüffelst du dauernd meine Stiefel?“
„Weshalb tragen Sie Stiefel, Liebkind?“, fragte Kasper zurück.
„Oh“, rief Liebkind. „Du kennst mich!“
„Wir kennen uns nun schon länger“, sagte Kasper, „ist das nicht so?“
„Aber ich bin in Verkleidung“, sagte Liebkind.
„In Verkleidung?“, wunderte sich Kasper.
„Jawohl“, sagte Liebkind entrüstet, „und keiner durchschaut mich.“
„Keine Spur von einer Verkleidung“, sagte Kasper. „Wen stellen Sie denn dar?“
„Einen Gärtnerjungen“, rief Liebkind. „Ich verstehe nicht, wie du es hast herausfinden können.“

„He, he“, sagte Kasper. „Glauben Sie, ich vergesse, wie einer riecht, der mir jemals einen Knochen zugesteckt hat?“

„Kasper!“, sagte Liebkind in beschwörendem Ton, „du darfst es deinem Herrn nicht verraten.“

„Weiß er es denn nicht?“, fragte Kasper.

„Er hat keine Ahnung“, sagte Liebkind.

„Ich habe ihn nie für besonders empfindsam gehalten“, sagte Kasper. „Aber wollen Sie mir einreden, er hat überhaupt nichts gerochen?“

Zehntes Kapitel

Wohnungssuche

Der Hund Kasper trollte sich zu seinem Platz zurück und versank ohne Umschweife in Schlummer. Liebkind blickte ratlos umher.

„In einem Garten sind viele Wohnungen“, hatte sie gesagt, und das war sicher richtig. Es gab überhaupt keinen Ort, wo nicht irgend jemand wohnte. Einige Tiere lebten unter einem verfaulten Brett, andere in einer Schaumblase an der Spitze eines Grashalms. Aber offenkundig eigneten sich nicht alle Wohnungen gleich gut für ein junges Mädchen, das jetzt ein Gärtnerjunge war.

Endlich fiel ihr Auge auf den Holzstoß, der gegen die Mauer geschichtet stand. Hier musste es trockene Kammern geben. Und soweit Liebkind bekannt war, wurde er von einer einzigen Gartenperson benutzt, der Witwe Igel.

Liebkind klopfte an, die Witwe Igel kam heraus.

„Ob ich mir bei Ihnen ein Zimmer ansehen dürfte?“, bat Liebkind.

„Alle, die Sie wollen“, antwortete die Witwe Igel. „Dafür bin ich ja da.“
Diese Antwort beruhte aber auf einem Missverständnis.
Denn die Witwe Igel hatte ihr Leben dem Andenken ihres Mannes, des berühmten Igels, gewidmet, und sie veranstaltete Führungen durch die Räume, in welchen der Dahingeschiedene gewirkt hatte.
„Wir begeben uns zunächst ins Nussbaumgewölbe“, verkündete sie. „In diesem saalartigen Raum entwarf mein Gatte die Pläne, die seinen Ruhm begründeten. Der nächste Raum heißt das Birkenzimmer.“
„Das Zimmer gefällt mir“, sagte Liebkind.
„Ja“, versetzte die Witwe. „Es wird allgemein gelobt.“
Mit diesen Worten öffnete sie einen weiteren Raum.
Sie verscheuchte eine Spinne, die sich rasch und ängstlich auf die Beine machte, und erklärte: „Das Buchengemach! Hier erblicken Sie einen Stachel, der dem berühmten Igel selbst gehört hat. Ich habe es von einem Professor bescheinigt.“
„Sie leben ganz allein in diesem riesigen Hause?“, fragte Liebkind.
„Ganz allein“, bestätigte die Witwe.
„Das ist günstig“, dachte Liebkind bei sich.
„Ganz allein“, ergänzte die Witwe, „mit dem Geist eines Unsterblichen zusammen. Folgen Sie mir nun die Kiefernstiege hinauf und betreten Sie den Pappelboden, wo der berühmte Igel seine Apfelschnitze zu trocknen pflegte. Die Schnitze, die ausgestellt sind, sind natürlich nicht die echten Schnitze. Es sind Nachbildungen, wenn auch treue. Der anschließende Raum heißt die Eschenkammer.

Hier erholte sich der berühmte Igel von seinen Sorgen. Der Filzschuh ist echt."

„Eigentlich", sagte Liebkind, „wollte ich fragen, ob Sie mir eins dieser hübschen Zimmer für kurze Zeit vermieten könnten."

„Vermieten!", rief die Witwe. „Wo denken Sie hin? Sie befinden sich in einer Gedächtnisstätte!"

„Wodurch wurde der Igel so berühmt?", erkundigte sich Liebkind.

„Dadurch, dass alle von ihm sprachen", gab die Witwe zur Auskunft. Sie blickte eine Weile träumerisch in die Vergangenheit zurück und setzte dann noch unvermittelt hinzu:

„Er war ein Held."

Liebkind blieb nichts übrig, als sich bei der Witwe Igel für das unvergessliche Erlebnis zu bedanken. Schon stand sie wieder vor dem Holzstoß und im Freien.

Aber nun bemerkte sie einen Steinhaufen. Er türmte sich am Wegrand und briet in der Mittagshitze.

„Innen wird es kühl sein", ermunterte sie sich.

Sie betrat den Haufen durch eine Spalte zwischen zwei Feldsteinen. Nach ein paar Ecken fand sie sich in einer prachtvollen Halle wieder. Die Wände waren spiegelglatt geschliffen. Auf dem mit farbigen Platten gemusterten Fußboden stand ein Bottich mit einer Palme. Ein langes Pult zog sich an der Wand hin, darüber hing ein Schild mit der Inschrift:

„Krötenhotel. Empfang."

Gut, dachte sie zuversichtlich. Wenn ich zwar keine Kröte bin, so ist es doch immer ein Hotel.

Sie näherte sich dem Empfangstisch, hinter dem ein Feuersalamander mit einer erdfarbenen Kröte schwatzte. Der Feuersalamander trug einen leuchtenden Dienstanzug. Die Kröte hatte eine grüne Schürze vorgebunden, hielt mindestens fünf Koffer unter die Arme geklemmt und war augenscheinlich der Hausknecht. – „Haben Sie Zimmer frei?“, sagte Liebkind zu dem Salamander.

„Wie viele Zimmer?“

„Eins.“

„Für wie viel Personen?“

„Für mich.“

„Ein Zimmer für eine Person“, fasste der Salamander zusammen. „Sehr wohl. Möchten Sie gefälligst einen Augenblick Platz nehmen.“

Liebkind ließ sich in einen Sessel sinken. Der Salamander tuschelte mit der Erdkröte, und es dauerte ganze zehn Minuten, bis sich die Kröte endlich mit den Koffern entfernte.

„Und nun zu Ihnen, mein Herr“, sagte der Empfangssalamander entschuldigend. „Ich muss Ihnen mitteilen, dass bei uns alles besetzt ist. Die Zimmer im zweiten Stockwerk bewohnt die Blindschleiche.“

„Und die im ersten?“, fragte Liebkind.

„Auch die Blindschleiche.“

„Haben Sie nicht wenigstens noch eine Dachstube?“, fragte Liebkind flehend.

„Die Dachstuben“, sagte der Empfangssalamander mit Bedauern, „werden leider ebenfalls von einem Abschnitt der Blindschleiche bewohnt.“

„Aber eine Person kann nicht so viele Zimmer brauchen“, rief Liebkind aus.

„Diese Person schon“, sagte der Salamander geduldig.

„Es ist durchaus üblich, dass ein Tier von Bedeutung eine Reihe von Zimmern gleichzeitig bewohnt. Man nennt das eine Suite."

„Hätten Sie mir das nicht gleich sagen können?", beschwerte sich Liebkind.

„Ausgeschlossen", entgegnete der Salamander. „Das Krötenhotel nimmt sich Zeit für jeden Gast."

Liebkind seufzte.

„Ich hätte nicht geglaubt, wie schwer es ist, ein Unterkommen zu finden", sagte sie.

„Wenn ich Ihnen etwas Bescheideneres empfehlen darf", sagte der Feuersalamander, „so würde ich Ihnen raten, es bei den ‚Drei Rittern' zu versuchen. Es geht dort eng, aber ärmlich her, und das Essen ist zum Speien, und ich

denke, es wird genau das Richtige für Sie sein. Es ist nicht weit von hier, nur eben einen tüchtigen Fußmarsch weit."
„Vielen Dank", sagte Liebkind.
„Keine Ursache, mein Herr", sagte der Salamander.
– Die Pension „Zu den drei Rittern" war eine kleine Familienherberge, welche tatsächlich von drei Rittern geleitet und betrieben wurde. Ihre Namen lauteten: der Ritter von Schlupf, der Ritter von Gall und der Ritter von Stich. Jeder von ihnen trug einen Degen auf der Hüfte, denn sie waren, was ihre Art und Abstammung betrifft, Wespen, und ihr Haus war das Wespennest.
Es war, wie viele Häuser heutzutage, aus Pappe erbaut. Papphäuser kommen immer mehr auf.
Die Wespen waren drei etwas weibische Herren mit ku-

gelrunden Bäuchen, sie zeigten ein zudringliches Wesen und machten Gesums von allem. Dennoch waren sie im Garten wohlgelitten. Sie schafften pilzige Erdbeeren oder angeschlagene Birnen fort, dafür verzieh man ihnen gern, dass sie lästig waren.

Sie erfüllten Liebkinds Bitte sofort, freilich sumsend.

„Was für ein niedlicher Mieter", sumste der Ritter von Schlupf.

„Das Geschäft geht ruhig", sumste der Ritter von Gall, „wir haben jetzt sonst meist bloß Eier wohnen."

Und der Ritter von Stich sumste:

„Wir geben Ihnen Zimmer 5 001. Es wird Ihnen zusagen, es ist unser allerbestes."

Liebkind hatte Mühe, das Zimmer 5 001 zu finden. Sie musste endlose Flure durchirren. Und als sie das Zimmer glücklich erreicht hatte, kam es ihr vor, als unterscheide es sich in nichts von den fünftausend übrigen Zimmern. Es war ein winziges Gelass, kaum länger als sie selbst, und die Längswände wiesen in der Mitte einen waagerechten Knick auf, sodass sich für die Schmalwände die Form eines Sechsecks ergab.

Aber das störte sie nicht. Hauptsache, sie hatte ein Dach über dem Kopf.

Sie richtete sich ein, und während sie ihre fünf Höschen glattstrich, kam sie mit sich selbst auf Leberecht zu sprechen. Sie grollte ihm mächtig und verübelte ihm sein Betragen. Und als sie genug übelgenommen hatte, gelangte sie zu dem Schluss:

„Alles wird gut werden."

In dem Augenblick durchdrang eine Degenspitze die Pappwand.

Der Degen zog sich zurück, kam wieder zum Vorschein und wurde herumgedreht – so oft, bis er aus der Wand ein kreisrundes Loch herausgeschält hatte.
„Was soll denn das?“, fragte sie sich.
Da vernahm sie durch das Loch sumsende Stimmen. Die Stimmen redeten zu einander, und Liebkind verstand:
„Jetzt belauschen wir alles, was er sagt. – Ich höre nichts! – Er sagt ja noch nichts. – Weshalb sagt er denn nichts? – Zu wem denn, wenn er ja noch allein ist?“
„Aber ich höre ja selbst jedes Wort, das sie reden“, dachte Liebkind. „Sollten diese Wespen so einfältig sein, den Umstand nicht in Betracht gezogen zu haben?“
Es fehlte Liebkind, wie man hier sieht, an Lebenserfahrung.
Sie waren so einfältig.

Elftes Kapit

Der englische Rasen

Ums Haar wäre Leberecht zu spät am Sammelplatz eingetroffen.
Erst dauerte es eine gewisse Weile, Kasper aus dem Schlaf zu reißen. Leberecht rief ihm Ermunterungen ins Ohr

und gab ihm Klapse auf den Hintern, aber der Hund schien taub und fühllos. Endlich kniff ihn Leberecht in den Schwanz.

„Ob es irgendeinen Zeitpunkt gibt“, sagte Kasper, „bei Tage oder bei der Nacht, wo man sicher sein kann, nicht geweckt zu werden?“ Er sprang fröhlich den Weg hinunter, wandte den Kopf zurück und fragte:

„Wo bleiben Sie denn?“

Dann holten sie den Spaten. Der Spaten stand im Bretterschuppen. Am Griff des Spatens hing, den Kopf nach unten und eng in ihre Flügel gewickelt, die Fledermaus.

„Verzeihen Sie die Störung“, sagte Leberecht zu der Fledermaus, „aber ich benötige dieses Gerät.“

„Ausruhen Tier jedes muss einmal“, sagte die Fledermaus störrisch.

„Was belieben Sie zu bemerken?“, sagte Leberecht.

„Flügeln den auf Nacht ganze die war ich“, bekundete die Fledermaus.

„Sie sagen ja alle Sätze verkehrt herum“, sagte Leberecht.

Die Fledermaus erwiderte:

„Unten nach Kopf dem mit man spricht so.“

Es bedurfte einer langen Verhandlung, bis Leberecht die Maus überredet hatte, ihre Tagruhe an einem anderen Ort zu halten. Sie entfaltete ihre Flughäute, flatterte zu einem Wandhaken und wickelte sich dort kopfunter wieder ein.

„Angenehme Ruhe“, sagte Leberecht, indem er den Spaten am Stiel packte.

„Verbrachte Tag einen je ich dem in Bett elendeste das vielleicht ist das“, sagte die Fledermaus. Aber Leberecht hörte sie schon nicht mehr.

An der Pumpe traf er viele Gartenpersonen versammelt. Die Eichhörnchen waren da, die drei Ritter umsumsten den Treffpunkt, selbst die Witwe Igel hatte hergefunden. Liebkind hielt sich ein Stück abseits; denn sie musste tun, als ob sie hier fremd und mit niemandem bekannt sei.

„Sein Name ist Georg", sagte Leberecht zu den Tieren. „Er ist ein Gärtnerjunge und mein Freund, und er hat sich bereit erklärt, unsere Mühe zu teilen. Ich danke ihm und Ihnen. Wir wollen heute den englischen Rasen in Ord-

nung bringen. Ordnung im Innern ist der beste Schutz vor einem Angriff von außen."

„Wer sollte uns schon angreifen?", fragte die Erdkröte, die neben dem Feuersalamander saß.

„Die Fee Grilla natürlich", sagte Leberecht. „Sie hat es ja selbst geschrieben."

„Sie hat es geschrieben", sagte der Salamander, „aber sie hat es nicht getan."

„Dies ist keine Gesprächsversammlung", sagte Leberecht, „sondern ein Allgemeines Arbeitsvergnügen. Arbeiten Sie nun mit oder nicht?"

„Nun", sagten die Gartenpersonen. „Wenn wir schon einmal hier sind."

So marschierten sie im Zug durch den Garten. Die Wespen flogen sumsend voraus und gaben dem Aufmarsch ein freudiges Gepräge. Sie erreichten den englischen Garten.

Aber der Anblick, den sie dort hatten, war schauderhaft. Der englische Rasen war so hoch aufgeschossen, dass er Leberecht bis an die Wade reichte. Viele Gräser blühten schon, und Tausendschönchen, Pusteblumen und weißer Klee sprenkelten das Grün mit bleichen Inseln. Die gesamte Fläche glich einer wilden Wiese. Man kann Wildwiesen hübsch finden. Aber es bleibt ein Unterschied zwischen einem englischen Rasen und einer Kuhweide.

„Wo zum Teufel steckt das Schaf!", brüllte Leberecht und vergaß sich.

„Ich es bestellen, es nicht kommen", sagte das französische Eichhorn.

„Was heißt: ‚Ich es bestellen'?", fragte Leberecht scharf. „Haben Sie es bestellt oder beabsichtigen Sie es nur?"

„Certainement“, bestätigte das Eichhorn. „Sicher.“
Unterdes hatte Liebkind eine Kette von Erdhügeln ausgemacht, die sich über den Rasen hinzog. „Auch das noch“, murmelte sie. Sie klopfte an einen Hügel nach dem anderen. Aus einem Hügel ließ ein Flüstern sich vernehmen und fragte:
„Freund oder Feind?“
„Wir sind es“, rief Leberecht.
Die Spitze des Haufens öffnete sich. Der Maulwurf kam hervor, jedenfalls bis zur Mitte, und zwinkerte mit seinen halbblinden Augen in die Gegend.
„Was suchen Sie hier!“, herrschte ihn Leberecht an.
„Ich glaubte, ich sei im Erbsenbeet“, sagte der Maulwurf trübsinnig. „Sie selbst haben mich gebeten, es abzuräumen. Mag sein, ich habe, meiner Kurzsichtigkeit wegen, den Ort verfehlt. Aber ich frage mich, ob es höflich ist, mir meine körperlichen Gebrechen vorzuhalten.“
„Sie müssen doch sehen“, beschwor ihn Leberecht, „dass Sie den Rasen zerstören.“
„Rasen?“, gab der Maulwurf zurück. „Wenn ich auch kaum mehr viel erkenne – finden Sie nicht, dass das hier genau aussieht wie ein unabgeräumtes Erbsenbeet?“
Er meinte es leider gut, und es hatte keinen Sinn, mit ihm zu streiten. Sie drangen tiefer ins wilde Gras. Sie näherten sich der Hecke, dort wartete das Allerschlimmste.
Aus dem üblen Garten hatte die Fee Grilla ganze Trupps von Schilf, Brennnesseln und Schachtelhalmen vorgeschoben.
Diese entsetzlichen Pflanzen wuchsen unter dem beblätterten Wall hindurch. Sie wanderten auf langen Wurzeln. Immer wenn so eine wandernde Wurzel eine Strecke zu-

rückgelegt hatte, stieg das Unkraut aus ihr in die Höhe und senkte zugleich eigene Wurzeln in eine unverfolgbare Tiefe. Das war Grillas versteckter Krieg und er wucherte ohne Maßen und war nicht träg im Gang.

Liebkind wurde übel zu Mute.

„Selbst wenn das Schaf zur Stelle wäre", sagte sie, „Brennnesseln oder Schilf würde es nicht fressen. Es rupft sorgfältig um sie herum."

„So ist es", bekräftigte Leberecht. „Das müssen wir schon selbst besorgen." Und er erteilte in gelassenem Ton seine Befehle.

„Gegen das gefährlichste Unkraut hilft nur mein Spaten", sagte er. „Um einfache Unkräuter kümmert sich Georg mit dem Stechmesser. Die Eichhörner sammeln alle Eicheln ein; denn auch kleine Eichen sind ein Unkraut, die Herren Salamander und Erdkröte inzwischen befreien uns von nagendem Wurzelgewürm. Unglücklicherweise hat auch der Apfelbaum Falläpfel abgeworfen und ich ersuche die Witwe Igel, dieselben zu entfernen."

Das waren gute Anordnungen und Liebkind liebte Leberecht um seiner Stärke und Ruhe willen. Aber die Witwe Igel verbat sich die ihr zugemessene Arbeit.

„Wenn das ein Vergnügen sein soll", sagte sie, „aber ich bin die Witwe des berühmten Igels, der ein Held war, und habe nicht nötig, mir die Stacheln zu verunreinigen."

„Wissen Sie eigentlich, was für eine Art Held Ihr Gatte gewesen ist?", fragte Leberecht.

„Ein Held eben", sagte die Witwe. „Genügt das nicht?"

„Er war ein Held der Arbeit", verriet Leberecht. „Er erhielt diese hohe Auszeichnung für seinen hervorragenden Einsatz bei der Beseitigung von Falläpfeln."

„Ist das wahr!“, rief die Witwe freudig erregt.
„So wahr ich hier stehe“, versicherte Leberecht.
„Dann muss ich aber schleunig zu meiner Gedenkstätte und die Öffnungszeit um ein paar Führungen verlängern“, rief die Witwe. „Ein Held der Arbeit! Man denke doch!“
Sie trampelte los und war, ehe einer sie hätte zurückhalten können, verschwunden.
Zum Glück sprangen sogleich die drei Ritter für sie ein.
„Wir übernehmen die Äpfel“, sumsten sie. „Es ist für das Vaterland und gegen den Feind.“
„In Ordnung“, sagte Leberecht. „Danke. Und nun jeder an seinen Platz.“
Er begab sich zur Hecke und wühlte mit Ingrimm und Eifer im Gestrüpp. Auch Liebkind ergriff ihr Messer. Sie stach es neben einem Löwenzahn in den Boden und hob das Gewächs mitsamt der Wurzel heraus.
Kasper kam gesprungen.
„Wohl einen kleinen Knochen gefunden?“, fragte er erwartungsvoll. Er schnupperte an der Wurzel. „Soll ich das einen Knochen nennen?“, fragte er und lief enttäuscht wieder davon.
Liebkind machte sich an eine Distel. Schon war Kasper wieder bei ihr und drängelte sich zwischen ihre Knie und Hände. „Wieder kein Knochen“, stellte er missbilligend fest.
„Ich grabe überhaupt nicht nach Knochen“, sagte Liebkind.
„Wer, der nicht verrückt ist“, sagte Kasper voller Verachtung, „gräbt nach irgendeiner Sache in der Erde, außer wenn es nach einem Knochen ist?“

Aber er traute Liebkind nie völlig. Sooft sie niederkniete und etwas aus dem Boden zog, kam er gerannt und überzeugte sich mit der Nase, dass man ihm keinen Knochen vorenthielt.
Leberecht kehrte nun zerschrammt und zerschunden von seiner Arbeit zurück. „Wo sind die Tiere?“, erkundigte er sich.
„Es sieht aus“, sagte Liebkind, „als seien sie heimgegangen.“
„Sie glauben an keine Gefahr“, sagte Leberecht entmutigt. „Fast wünschte ich, die Fee hätte uns schon überfallen; denn so ein tierisches Gehirn hält nur das für wahr, was es mit Augen sieht. Es bleibt alles an uns hängen. Aber wir wollen eine Pause einlegen, Georg, und ich will dir meinen liebsten Ort zeigen.“
„Den blaublühenden Eibisch?“
„Richtig!“, sagte Leberecht überrascht. „Woher weißt du das?“
„Ich wusste es nicht“, sagte Liebkind. „Ich hoffte es nur.“
Sie kamen zu ihrem Eibisch und sie kannten ihn nicht wieder, so traurig stand er da. Die Blätter hatten eine braune und kränkliche Farbe angenommen und die riesigen Blütentrichter waren zu blassen, klebrigen Röllchen zusammengesunken. Und als Liebkind sich gegen den Stamm lehnen wollte, fiel er kurzerhand um.
Am blaublühenden Eibisch befand sich nicht eine einzige Wurzel.
Der Baum war glatt abgenagt und endete in einem hässlichen kahlen Zapfen. An der Stelle aber, wo er so fest und wacker gewurzelt hatte, befand sich jetzt eine Höhle, welche sich weit in das Erdreich erstreckte und dann in die Richtung zum üblen Garten hinbog.

„Die Grille!“, sagte Leberecht zu Liebkind. „Verlasse mich hier, Georg, und besuche mich erst gegen Abend wieder. Das ganze Unternehmen war ein Fehlschlag.“

Sein Ausdruck war ernst und Liebkind gehorchte seinen Worten und verließ ihn.

Kaum aber, dass sie gegangen war, warf sich Leberecht bäuchlings auf den Boden. Er formte seine Hände zu einer Schalltüte um den Mund und dröhnte durch die in die Höhle hinein:

„Du warst in meinem Reich, Fee, und ich werde dich in deinem Reich finden. Ich komme morgen zur Mittagsstunde. Erwarte mich, wenn du den Mut hast!“

Er erhob sich und klopfte sich den Schmutz von den Fingern.

Aus der Tiefe der Erde heraus aber ließ eine höhnische und widerliche Stimme sich vernehmen und sagte:

„Man wird zu Hause sein.“

Zwölftes Kapitel

Verrat

In der Pension „Zu den drei Rittern“ hatte sich Liebkind aufs Bett fallen lassen. Die Plackerei mit dem Unkraut hatte sie dermaßen erschöpft, dass sie nun keine rechte Ruhe fand. Sie lag halb im Schlaf und halb im Wachen, und mit einem Mal richtete sie sich auf und sagte zu sich: „Träume ich oder höre ich Männer reden?“

Sie träumte nicht. Sie hörte Männer reden.

„Es ist erforderlich, dass dieser Gegner sein Ziel niemals erreicht“, sagte einer in abschließendem Ton.

Jetzt entsann sie sich des Lochs, das die Wespen gebohrt hatten. Sie fasste Mut und legte ein Auge an die Pappwand.

Im Nebenzimmer erspähte sie einen Herrn, der einen gestreiften Gehrock trug und nicht wenig hermachte. Ihm gegenüber standen die drei Wespen in ehrerbietiger Haltung.

„Ihre sechsbeinige Majestät wünscht“, sagte der Coloradokäfer, „dass Sie sich eine Stunde vor Mittag im Gebüsch verbergen und ihn gnadenlos totstechen. Besser hinterrücks als von vorn; denn er ist tapfer."

„Die Fee hat zu befehlen", sagten die Wespen. „Wir sind ihre Diener."

„Der Ritter von Schlupf", fuhr der Coloradokäfer fort, „bezieht Posten am Stinkpfuhl, der Ritter von Gall am Modderberg und der Ritter von Stich in der Wüstung Schimmeldorn. Wehe, der Mann entwischt Ihnen."

„Keine Sorge“, beteuerten die Wespen. „Er kommt nicht durch.“

„Gut“, sagte der Käfer. „Ende.“

Er schickte sich zum Gehen, rief aber plötzlich:

„Halt! Was ist das für ein Loch in der Wand?“

Liebkind erschrak nicht wenig. Sie sah große Unannehmlichkeiten voraus, falls man sie ertappte. Aber die Wespen sumsten und kicherten durcheinander und sagten:

„Haha! das Loch haben wir selbst angelegt. – Es ist ein

Lausch-Ohr. – Damit behorchen wir den kleinen Gärtner und erfahren alles, was er plant oder im Schilde führt."

„Sehr geschickt", lobte der Coloradokäfer und alle verließen mitsammen das Zimmer.

„Oha", dachte Liebkind in ihrem Kopf, „das sind eine Menge Nachrichten. Erstens sind die Ritter Gefolgsleute der Fee Grilla, also Verräter, und zweitens haben sie einen Mord vor. Freilich, manches ist noch offen. Wer ist dieser Mann, den sie umbringen wollen? Und wo wollen sie es tun? Stinkpfuhl? Modderberg? Schimmeldorn? Kann es irgendwo auf der Welt Landschaften geben, die solche Namen tragen? Es klingt alles sehr seltsam, aber es bleibt eine ausgezeichnete Geschichte und Leberecht wird staunen, was ich herausgebracht habe."

Wie verabredet, ging sie zum Blumentopf hinüber, wo Leberecht und Kasper ihrer harrten.

„Wollt ihr das Neueste hören?", sagte sie.

„Das Neueste", sagte Leberecht, „sollt ihr beide jetzt von mir erfahren. Ich habe die Fee von Kerfistan zum Zweikampf herausgefordert."

Liebkind erblasste. War möglich, dass Leberecht der Gegner sein sollte, dem die Anschläge galten?

„Es ist ein tollkühnes Beginnen", sagte Leberecht, „und vielleicht ist es auch nicht die richtige Weise, eine Auseinandersetzung aus der Welt zu schaffen. Aber die Stimmung in unserem Garten ist zu halbherzig und lustlos, als dass er dem üblen Garten lange widerstehen könnte, so muss ich den Kampf eben allein kämpfen. Ich begebe mich morgen Mittag nach Sudelgard."

„Morgen Mittag", hatte er gesagt. Und eine Stunde vor

Mittag lauerten die Wespen! Das schmeckte nicht nach Zufall.

„Es führt ein einziger Weg über die Grenze“, tat Leberecht dar. „Der Weg ist hässlich und nicht erfreulich zurückzulegen. Er verläuft durch den Stinkpfuhl über den Modderberg in die Wüstung Schimmeldorn.“

Jetzt war alles deutlich. Es gab diese Orte, und jeder von ihnen war eine Falle.

„Die Fee“, schloss Leberecht, „hat meine Herausforderung angenommen. Bald werden wir wissen, ob wir in Frieden weiterleben können oder verloren sind.“

„Oh, du arglistige Fee“, dachte Liebkind voller Wut. „Versprichst einen ehrlichen Waffengang und schickst meinem Leberecht deine Meuchelmörder auf den Pfad. Aber wir sind gewarnt, damit hast du nicht gerechnet.“

Und sie öffnete eben den Mund, um Leberecht die rettende Kunde mitzuteilen, als ihr der Satz ins Ohr drang:

„Das einzig Gute an der Angelegenheit ist, dass ich Liebkind rechtzeitig abgeschoben habe. Sie wäre uns hierbei wahrhaftig nur zur Last gefallen.“

Da schloss Liebkind den Mund wieder und verschluckte, wenn man so sagen darf, ihre Neuigkeit und verriet kein Sterbenswort.

Dreizehntes Kapitel

Liebkind verschweigt ein Geheimnis

Stattdessen fragte sie:
„Haben Sie Liebkind nicht liebgehabt?"
„Doch", sagte Leberecht. „Aber ich mag nicht von ihr sprechen."
„Lassen wir es also", sagte Liebkind.
„Ohne sie galt mir die Welt nichts", sagte Leberecht. „Noch heute, wenn ich eine besonders hübsche Blume sehe, denke ich: So hübsch wie Liebkind bist du Blume nicht, und dann kommt mir der ganze Garten öd und leer vor. Aber sprechen wir nicht mehr von ihr."
„Keine Silbe", sagte Liebkind.
„Sie hatte so eine Angewohnheit", sagte Leberecht. „Sie zog immer hinten den Rock hoch, bevor sie sich auf etwas setzte. Ich fand es allerliebst, obwohl es ja zugleich auch ein bisschen lächerlich ist. Aber wir wollen nicht von ihr sprechen."
„Nein", sagte Liebkind.
„Die Frau", sagte Leberecht, „ist etwas unendlich viel

Besseres als der Mann, die Frage lautet nur: besser wofür? Für jede Aufgabe von etwas Ernst kommt sie nicht in Betracht. Sie ist ein Geschenk des Himmels, aber das Dumme an den meisten Geschenken ist, dass sie sich für nichts eignen."

Nun wusste Liebkind, woran sie war. Sie wurde geliebt, doch heraus kam dabei, dass sie sich für nichts eignete. Und sie beschloss, ihre Lippen zu versiegeln und keinen Zipfel ihres Geheimnisses preiszugeben.

Leberecht würde sehen, wofür sie sich eignete.

Leberecht aber erhob sich und sprach:

„Ich habe Sie eingeladen, meine Herren, um Sie zu diesem Zweikampf als Zeugen zu bitten."

„Wer sind das, Ihre Herren?", fragte Kasper.

„Der Herr Georg", erwiderte Leberecht, „und Sie selbst, mein Herr."

„Ich Ihr Herr?", sagte Kasper, „das ist doch der pure Blödsinn. Jeder weiß, dass Sie mein Herr sind."

„Sei es Blödsinn", versetzte Leberecht, „aber so hat es Art. Das Amt des Kampfzeugen ist ein Ehrenamt und erfordert ein gewisses würdevolles Auftreten."

„Abgemacht, ich bin Zeuge", sagte der Schnauzerhund. „Ich verabscheue Kerbtiere, vor allem die Fliegen. Sie sausen um einen herum und lassen sich nicht erwischen; kaum aber, dass man einen Knochen im Maul trägt und nicht

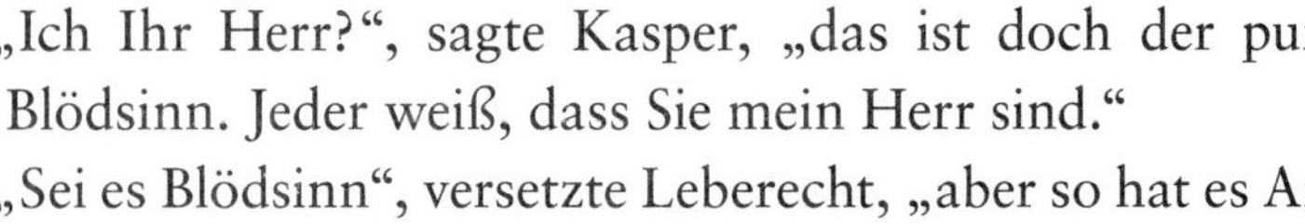

zuschnappen kann, setzen sie sich einem auf die Nase. Sie tun es nur in dem Fall, und sie tun es mit Absicht."

„Was soll das zur Sache?", fragte Leberecht verärgert.

„Versuchen Sie es ruhig", forderte Kasper ihn auf. „Ich hole Ihnen gern einen von meinen Knochen, leihweise natürlich."

„Aber das ist zu dumm", rief Leberecht aus.

„Nicht so dumm", meinte Liebkind. „Wenn ich eine volle Teetasse in der Hand trage, kann ich wetten, eine Fliege kommt und landet mir auf dem Handrücken."

„Vor allem im August", ergänzte Kasper.

„Im August", bestätigte Liebkind, „aber oft noch weit in den Oktober hinein."

„Ist irgendwie durchführbar", sagte Leberecht verzweifelt, „dass jetzt einer zu meinem Anliegen spricht?"

Liebkind erhob sich nun ihrerseits und erklärte:

„Selbstverständlich begleite ich Sie."

„Zeuge", sagte Kasper, „das entspricht genau meinen Neigungen. Würdevoll, wie Sie sagen, niemals einmischen, nur eben ein bisschen mogeln ... Diese Ungeziefer-Sultanin, diese Kribbel-Krabbel-Durchlaucht soll bereuen, sich mit mir angelegt zu haben. Verlassen Sie sich auf mich. Wo ich Ihr Zeuge bin, sehe ich durch alle Krallen meiner Tatze."

„Ich danke Ihnen, meine Herren", sagte Leberecht. „Ich erwarte Sie eine Viertelstunde vor Mittag."

„Ist das nicht ein bisschen früh am Morgen?", fragte Kasper.

Dann verabschiedeten sich Liebkind und Kasper und ließen Leberecht allein. Als sie außer Hörweite waren, sagte Liebkind:

„Du wirst dich noch eine volle Stunde früher erheben, Kasper."
„Was soll jetzt folgen?", fragte Kasper misstrauisch.
„Wir müssen Leberecht behüten", sagte Liebkind. „Ich habe nämlich ermittelt, dass die Fee den Wespen befohlen hat, ihn schon auf dem Hinweg zu diesem Zweikampf umzubringen. Deshalb werden wir beide, du und ich, vorangehn und dem Gesindel den Garaus machen."
„Der Gedanke liegt mir nicht", sagte Kasper.
„Du weigerst dich?", fragte Liebkind.
„Entschieden", sagte Kasper.
Liebkind deutete mit dem Finger auf eine Fährte, die vor ihnen über das Pflaster lief. Die Abdrücke glichen denen von Hundepfoten, aber sie waren nicht in Vierergruppen angeordnet. Man sah jeweils immer nur zwei Abdrücke – wie bei der Fährte eines Menschen.
„Wofür hältst du das?", fragte sie.
Kasper prüfte die Abdrücke mit Sorgfalt und behauptete:
„Die Spur eines zweifüßigen Hundes."
„Oder die Spur eines Hundes", schlug Liebkind vor, „der mit den Vorderpfoten in Witwe Igels Milchteller gestanden hat."
„Sie wollen mich also verpetzen", stellte Kasper fest.
„Was bleibt mir übrig?", entgegnete Liebkind.
„Und wenn ich auspetze, dass Sie kein fremder Junge, sondern in Wahrheit Liebkind sind?", sagte Kasper tückisch.
Aus des Gärtnerjungen Georgs schönen Augen ergoss sich eine Tränenflut. „Das kannst du nicht tun, Kasper", schluchzte sie. „Ein Mädchen verpetzt man nicht."

„Schon gut“, brummte Kasper. Liebkind sagte strahlend: „Du hast endlich Gelegenheit, die Wohltaten deines Herrn zu erwidern. Und ich dächte doch, es wäre kein schlechtes Abenteuer.“

„So ein Elend“, sagte Kasper. „So ein Elend. Ich habe es, weiß der Himmel, in meinem Hundeleben schwer gehabt. Jeder ruft mich, wann er will, jeder schickt mich fort, wenn er mich satt hat, und die Bosheit der Fliegen habe ich ja bereits erwähnt. Aber wenn ich etwas wirklich hasse, dann sind das Abenteuer. Man beginnt sie, obgleich man nicht wissen kann, wie sie enden. Ist das denn ein Daseinszweck?“

„Was ist ein Daseinszweck?“, wollte Liebkind erfahren.

„Ein Daseinszweck ist, an einem kühlen Tag in der Sonne zu liegen und zu schlafen“, erklärte Kasper. „Ich weiß nichts Erstrebenswerteres.“

„Und was machst du an einem heißen Tag?“, fragte Liebkind. Kasper erklärte:

„Da schlafe ich im Schatten.“

Vierzehntes Kapitel

Im Busch

Der englische Rasen war wieder um eine Handbreit gewachsen. Liebkind und Kasper zögerten unwillkürlich, bevor sie in das unwegsame Grasland eindrangen.

Liebkind, in ihrer derben Stiefelhose und den Filzhut kühn in die Stirn gedrückt, blickte entschlossen auf die wogende Fläche. Auch Kasper verzog keine Miene. Aber sein Stummelschwanz zeigte nach unten und hatte sich seiner ganzen Länge nach, so weit er eben reichte, zwischen die Hinterschenkel geklemmt.

„Du hast doch keine Angst?“, fragte Liebkind.

„Ich habe keine Angst“, versicherte Kasper. „Höchstens mein Schwanz hat Angst.“

„Diese Hinterhalte“, sagte Liebkind, um ihm Zuversicht einzuflößen, „beweisen, dass die Grille den Zweikampf nicht wagt.“

„Sie hätte nicht den Schatten einer Aussicht“, sagte Kasper abschätzig.

„Somit ist dir klar“, sagte Liebkind, „dass es ausschließlich die Fee Grilla ist, die Grund hat, sich zu ängstigen.“

„Mir ja“, sagte Kasper. „Aber meinem Schwanz ist es nicht klar.“
Dann schlugen die Halme des englischen Rasens über ihren Köpfen zusammen.
Sie gelangten zu der Buchenhecke. Die Hecke war gut zwei Männer hoch und bildete eine unüberwindbare Mauer. Nur eine Buche war irgendwann verstorben und hatte eine Lücke zurückgelassen.
Das war der Weg nach Sudelgard.
Sie betraten die Lücke, die wie ein schattiges Tor sich öffnete. Kein Sonnenstrahl fand hier noch her. Beide fühlten, dass die Welt, wo auf Anstand und Höflichkeit Wert gelegt wird, von jetzt an hinter ihnen lag.
Nachdem sie eine Strecke im Schatten gewandert waren, schlug ihnen eine faulige Luft entgegen. Wässeriger Boden schnalzte unter ihren Tritten. Sie standen am Rand einer Senke. Dickstieliges, großblätteriges Kraut machte sich breit und überlappte Liebkinds Stiefel und Kaspers Füße. Die Senke war mit Schlamm gefüllt und roch schlecht.
„Der Stinkpfuhl“, flüsterte Liebkind. „Hier muss der erste verborgen sein.“
„Er steckt hinter dem Binsengebüsch“, sagte Kasper schniefend. „Es ist der Ritter von Schlupf.“
„Ich sehe niemanden“, sagte Liebkind.
„Ich wittere ihn“, sagte Kasper.
„Wie willst du erkennen, welcher es ist?“, fragte Liebkind.
„Sie sehen alle gleich aus.“ Kasper erwiderte voll Hochmut:
„Sie riechen nicht gleich.“
Und er fügte hinzu:

„Er späht nach vorn auf den Weg. Ich werde mich in seinen Rücken schleichen und ihn mittendurch beißen."
„Was sagt dein Schwanz zu dem Plan?", wollte Liebkind wissen.
„Beiße ich oder mein Schwanz?", fragte Kasper.
Der Hund schlug sich seitab und verschwand in einem Dickicht von Pflanzen, welche riesigen Rhabarbern ähnelten. Hinter der Binse kam er wieder zum Vorschein.
Er tat einen senkrechten Satz in die Höhe, klappte die Zähne mit einem Knall aufeinander und landete mit allen vier Pfoten zugleich auf der Erde. Es war sehr eindrucksvoll.
Freilich hatte er danebengeschnappt.
Während er aufgeregt, die Nase zwischen den Vordertatzen, den Platz abschnüffelte, wo die Reste des Opfers hätten verstreut sein müssen, sprang die Wespe aus ihrem

Versteck hervor und schwirrte mit gezogenem Degen genau auf Liebkind zu.

Liebkind schmetterte sie mit ihrem Hut nieder und zertrat sie mit dem Stiefelabsatz.

„Kasper“, rief sie. „Wir haben ihn.“

Kasper hatte noch immer die Schnauze dicht am Boden.

„Sicher habe ich ihn“, rief er zurück, „aber der Schelm will sich nicht finden lassen.“

„Hier“, rief Liebkind. „Hier liegt er und sumst nicht mehr.“

Kasper fand sich zu ihr und bemerkte missmutig: „Ich glaubte fest, ich hätte ihn erledigt.“

„Wir beide haben ihn erledigt“, sagte Liebkind.

„Einverstanden“, sagte Kasper nachgiebig. „Sie sind verwundet?“

Auf Liebkinds Hand war ein Blutstropfen hervorgetreten, und Liebkind lachte und sagte:

„Nur auf der Haut. Er war viel zu erschrocken, um noch zielen zu können."

„Vorwärts", sagte Kasper. „Den nächsten."

Der Weg hob sich nun wieder nach oben; sie gingen ihn fort und erreichten den Modderberg. Auf dem Berg standen kranke Bäume. Eine Schicht von zitronengelbem Laub mit pechschwarzen Flecken bedeckte den Grund, und sie hatten Mühe, nicht auf den schmierigen Blättern zurückzurutschen.

Kasper entdeckte den Ritter von Gall hinter einem Laubhaufen. Es misslang ihm wieder, den Ritter mit seinem Gebiss zu zermalmen. Aber wieder traf ihn Liebkind gut mit Hut und Stiefel, ohne dass sie selbst mehr als einen Kratzer davongetragen hätte.

„Warum halten wir uns auf?", sagte Kasper. „Weiter!"

Und weiter ging es in die Wüstung Schimmeldorn, wo sie sich die Hose und das Fell zerrissen und dem Ritter von Stich ein klägliches Ende bereiteten.

Bevor der Ritter von Stich zu zucken aufhörte, erkundigte er sich:

„Habe ich Sie nicht verletzt?"

„Nicht der Rede wert", gab Liebkind zur Auskunft.

„Was für ein gottloser Meuchelmord", sagte der Ritter von Stich. „Eine nichtsahnende Person von hinten anzufallen!"

„Wer ist hier der Meuchelmörder!", rief Liebkind entrüstet. „Wer fällt wen von hinten an!"

„Nun ja", räumte die Wespe ein. „Vielleicht ist es eine Frage des Standpunktes."

Damit hatte der letzte Ritter ausgesumst und die Reisenden erreichten den Ausgang des schwierigen und plagereichen Weges, der, quer durch die Buchenhecke, vom großen Garten nach dem üblen Garten führt.

Man kann nicht sagen, dass es im üblen Garten weniger ärgerlich und verludert aussah als innerhalb der Hecke. Aber wenigstens waren sie am Ziel und im Freien.

„Hier erwarten wir Leberecht“, verfügte Liebkind. „Er wird keinem Buschklepper und Heckenstrolch begegnen und wird unbeschädigt zu seinem Zweikampf antreten. Und“, sagte sie dann noch, „er wird kein zweites Mal behaupten, Gefahr sei nicht die richtige Lage für ein Mädchen.“

Nachdem sie diese stolzgemuten Dinge gesagt hatte, kippte sie um und schlug zu Boden.

„Was kommt Sie an?“, sagte Kasper. „Stehen Sie doch auf.“

Aber Liebkind lag totenblass und leichenstarr, so wie sie umgekippt war. Wespen arbeiten mit vergifteten Degen. Das Gift der drei Stiche, die Liebkind erhalten hatte, hatte sich angesammelt und tat jetzt seine Wirkung.

Aus der Düsternis des Buchentunnels aber erschienen, wenn auch humpelnd und verkrümmten Leibes, die drei Ritter, einer hinter dem anderen. Diese Tiere haben ein zähes Leben. Obgleich sie alle schon zerschmettert und zertreten waren, hatten sie sich doch wieder erholt.

Sie luden die leblose Liebkind auf die Schultern und stolperten mit ihr fort.

Den Hund Kasper überkam ein Grausen. Er raste voll blinder Furcht ins Weite, bis er zu einem Ort gelangte, den er für unzugänglich und abgelegen genug erachtete und an dem er sich winselnd verkroch.

Fünfzehntes Kapitel

Zwölf Uhr Mittag

Zu eben dem Zeitpunkt, an welchem diese traurige Wendung sich begab, wartete Leberecht, mit seinem Spaten bewaffnet, am jenseitigen Rand der Hecke und hielt vergeblich Ausschau nach seinen Zeugen.

Er war tief enttäuscht von ihnen.

Wie alle rechtschaffenen Männer verabscheute er Unpünklichkeit. Wenn sein Freund Georg zwar noch jung und sein Hund Kasper von Geburt an verschlafen war – in diesem besonderen Fall, fand er, hätten sie sich getrost ein wenig zusammenreißen können.

„Es geht um meinen Kopf und Kragen“, dachte er, „und sie trödeln herum und treiben weiß was.“

Aber dann nahm seine Überlegung eine neue Richtung. Er hörte auf zu hadern, Nachsicht zog in sein Gemüt ein. „Wahrscheinlich hat ihnen der Mut gefehlt“, erwog er jetzt. „Sind sie nicht kühn, sind sie dafür vernünftig. Wer, der seinen Verstand beieinander hat, geht denn schon freiwillig in jenes schauderhafte Reich?“

Er sah nach der Sonne und sagte:
„Höchste Zeit für mich."
Mit ein paar Schritten durchquerte er den Durchgang. Aber trotz aller Eile, die drei blutigen Degen am Wegrand waren ihm nicht entgangen. Ein blutiger Degen hatte am Stinkpfuhl gelegen, einer auf dem Modderberg und einer im Schimmeldorn.
In der Hecke war etwas vorgefallen.
Und schon nahm er am Boden etwas Graues und, an einem Dornzweig hängend, etwas Schwarzes wahr. Und als er sich bückte und hinlangte, hielt er Georgs Hut in der einen Hand und eine von Kaspers Bartlocken in der anderen.
Wie sehr hatte er sich in ihnen geirrt.
„O seltener Mensch, Georg", rief er aus, „du warst ein guter Gärtner und ein guter Soldat."
Und er vergaß nicht hinzuzufügen:
„O seltener Hund, Kasper. Dein Busen war zottig, aber dein Herz war treu."
Und er leistete den Freunden Abbitte und schwor der Fee Grilla fürchterliche Rache, im Fall sie einem von ihnen etwas angetan haben sollte.
Die Maulwurfsgrille in ihrer Eiche ahnte nichts von Leberechts Zorn. Sie saß in ihrem Geschäftszimmer an einem Borkenstück, das ihr als Schreibtisch diente. Von der Wand her vernahm man das regelmäßige Ticken eines Holzwurms. Ein mit Leuchtkäfern besetzter Erlenzapfen warf sein Licht auf die Schriftstücke, die der Fee von ihren Ständevorstehern und den Beauftragten der befreundeten Völker übergeben worden waren.
Aber sie verschwendete keinen Blick auf das ganze Papier.

„Sie stimmen also mit mir überein“, sagte sie vergnügt, „dass der große Garten unverzüglich in unsere Gewalt gebracht werden muss.“

„Sie haben uns überzeugt, Fürstin“, sprach die Blattlaus im Namen der Stände.

„Wir haben Ihre Gründe geprüft und als unwiderlegbar befunden“, sprach die Nacktschnecke für die Bundesgenossen.

„Sehr gut“, sagte die Fee. „Was für Gründe, beiläufig?“

„Nun“, erwiderten alle Herren, „es sind, seit wir unsere Bedenken vortrugen, zwei volle Tage vergangen, und es hätte keinen Schick gehabt, sich noch länger zu zieren.“

Die Fee gluckste befriedigt und fragte:

„Und jener Mensch Leberecht, vor dem Sie so sehr zittern?“

Die Anwesenden gluckstenn nicht und gestanden:

„Der ist freilich eine ernste Gefahr.“

Die Fee Grilla blickte ungeduldig auf die Totenuhr. „Es müsste längst zwölf sein“, murrte sie. Die Zeit wurde ihr lang, und sie fraß die Uhr auf und sagte zu ihrem Haushofmeister:

„Würden Sie wohl die Gefälligkeit haben, einmal nach draußen zu sehen?“

Der Coloradokäfer zog einen schweren Vorhang, an dem hundert Spinnen hundert Wochen lang gewebt hatten, von einem Astloch. „Ich beglückwünsche Eure sechsbeinige Majestät“, rief er. „Unsere Dienstleute, die Wespen; sie bringen den Leichnam.“

„Brave Mörder“, sagte die Fee anerkennend. Sie wandte sich an die Würdenträger und erklärte:

„Von diesem Leberecht nämlich habe ich uns alle bereits befreit."

Die Flügeltüren sprangen auf, die Wespen wurden hereingeleitet. Ihre Erscheinung zeugte nicht eben von Wohlbefinden.

Sie waren fast an jeder Stelle ihrer Körper mit Wundverbänden umwickelt und hatten Pflaster auf den Flügeln. In dem Aufzug nahten sie sich ihrer Fürstin.

„Der Kampf war nicht leicht, wie ich sehe", redete sie sie an, „aber der Lohn soll hoch sein. Wo ist der Tote? Warum zeigen Sie ihn nicht her?"

„Er liegt im Vorzimmer", meldete der Ritter von Schlupf. „Wir hielten für unpassend, ihn hereinzutragen, ein Schreibzimmer ist schließlich keine Mördergrube."

„Mein Gott", sagte die Fee. „So groß ist der Unterschied nun auch wieder nicht."

Sie sprang über den Schreibtisch hinweg und stürzte sich gierig in den Vorraum. Als sie wiederkam, bebte sie vor Wut.

„Es ist die falsche Leiche", sagte sie leise und kalt. „Es ist nicht die Person, die zu töten Sie beauftragt waren."

„Das ist richtig", erkühnte sich der Ritter von Gall zu erwidern. „Aber der Kampf, wie Eure Majestät selbst zu bemerken die Güte hatten, war dennoch nicht leicht."

„Benutzen Sie nicht meine Worte für Ihre Unverschämtheiten", sagte die Grille. „Ihre Degen, meine Herren! Ich nehme sie Ihnen ab."

„Die Degen", entschuldigte sich der Ritter von Stich, „haben wir im Getümmel verloren."

„Betrachten Sie sie als abgenommen", sagte die Fee Grilla geistesgegenwärtig.

Da ertönte ein Schreckensruf vom Fensterloch her. Der Coloradokäfer hatte ihn ausgestoßen.
„Was denn noch wieder?“, sagte die Fee verdrossen.
„Er kommt“, sagte der Käfer.
„Wer?“, fragte die Grille.
„Er selbst“, sagte der Käfer.
„Leberecht?“, fragte die Grille.
Der Käfer verbeugte sich schweigend. Die Grille trat an das Astloch und sah Leberecht in seinem erhabenen Grimm.
„Was tun?“, presste der Coloradokäfer hervor. Die Grille blickte verächtlich auf sein schweißüberströmtes Gesicht.
„Ich habe ihm versprochen, zu Hause zu sein“, sagte sie. „So werde ich ihn ja denn wohl auch empfangen.“

Sechszehntes Kapitel

Der rote Teppich

Leberecht stand breitbeinig vor der Mooreiche. Er hatte den Spaten zwischen den Füßen auf den Boden gestemmt und stützte sich mit den Fäusten auf den Griff. So sah er ein bisschen aus wie der Held Roland und konnte schon Furcht einflößen.

„Hier stehe ich“, rief er. „Komm und schlage dich, du haarige Teufelin. Oh, du Moldwolf, du Rentwurm, du Erdkrebs, hältst du nun dein Wort oder soll ich dich herausholen?“

Aber schon öffnete sich das Palasttor.

In seiner Öffnung ließ sich zunächst nichts als ein purpurner Ballen blicken, der sich von unten her hochschob und den Torrahmen füllte.

Dann quoll zu beiden Seiten eine Abteilung von Kleidermotten heraus. Sie rührten sich und entrollten den Ballen. Und als sie mit Wälzen fertig waren, lag da sehr feierlich ein roter Teppich über dem ganzen Schmutz und Unrat.

Dann traten sechs Ohrenkneifer auf und trugen einen Thronsessel und stellten ihn auf den Teppich.

Dann kam die Grille und nahm Platz.
„Ich glaube, Sie vergreifen sich im Ton, mein Herr", sagte sie. „Sie geben mir ja Namen."
„Es sind mundartliche Namen, welche in gewissen Landschaften gebräuchlich sind", entschuldigte sich Leberecht.
„Was haben Sie mit meinen Zeugen gemacht?"
„Wissen wir irgendetwas über seine Zeugen?", wandte sich die Fee an ihre Zofe, die Raupe. Sie erhielt keine Antwort und wollte auch keine. „Ich zeige Ihnen gern alles, was wir dahaben", sagte sie zu Leberecht.
Sie gab ein Zeichen. Aus dem Palast hinkten, Liebkind geschultert, die Ritter. Da Liebkind den Hut verloren hatte, wallten ihre Locken herab und fluteten golden zur Erde.
Leberecht war zu erregt, um darauf zu achten.
„Sie haben meinen Freund beseitigt!", brüllte er.
„Es tut mir aufrichtig Leid", sagte die Fee.
„Leid!", empörte sich Leberecht. „Sie haben ihm ja auflauern lassen!"
„Nicht ihm", versicherte die Fee. „Ihnen." Und sie fuhr mit vieler Artigkeit fort: „Ich kann nicht sagen, wie ich bedaure, dass diese Dummköpfe nicht Sie erwischt haben, aber meine Strenge wird Ihnen eine kleine Genugtuung sein."
Sie betrachtete angeekelt die Ritter und befahl:
„Sie tragen diesen Körper ins Gewölbe und stürzen sich anschließend in Ihre Degen."
„Die Degen", erwiderte der Ritter von Schlupf, „betrachten wir als uns abgenommen."
„Ich gebe sie Ihnen wieder", sagte die Fee großmütig.
„Wir danken untertänigst", sagte der Ritter von Gall,

„nur liegen sie ja leider draußen im Busch, wie sollten wir uns in sie hineinstürzen?“

„Sie sind unfähig“, sagte die Fee mit Nachdruck. „Sie sind gefeuert, ich will Ihnen niemals wieder begegnen. Gehen Sie zurück in Ihr Nest und werden Sie anständig.“

„Aber wir sind nicht zur Anständigkeit geboren“, sagte der Ritter von Stich. „Das können Sie von uns nicht verlangen.“

Die Fee verlor die Geduld.

„Ab“, sagte sie. „Zur Speisekammer.“
Die Wespen hinkten mit Liebkind los. Doch Leberecht mochte sie so leichter Dinge nicht ziehen lassen. Er war im Begriff, sich auf sie zu werfen, da gab die Fee zum andern Mal ein Zeichen und rief:
„Vorwärts, ihr Kräfte der unberührten Natur!“
Auf diesen Ruf hin löste sich eine Heerwolke von Kerbtieren aus ihren Aufenthaltsorten.
Sie krochen aus Erdritzen, krabbelten hinter Rinden her-

vor, fielen von den Blättern der Eiche. Sie stoben aus jedem Gebüsch. Sie füllten die Luft mit schauerlichem Rauschen und Brausen.

Die Wolke senkte sich über Leberecht. Sehen und Hören verging ihm. Er spürte nur eine Million Punkte, die ihm gegen den Kopf knallten, ihn in die Haut zwickten oder ihm hinter den Kragen rutschten.

„Arglist und Betrug“, rief er. „Wir wollten ehrlich fechten, einer gegen einen.“

„Ich und mein Volk sind eins“, hörte er die Fee sagen.

Leberecht verteidigte sich gegen den Kerfenschwarm. Er hieb um sich und versuchte, sich das Geschmeiß aus den Augen und dem Mund zu wischen.

Da kam ihm ein Wind zu Hilfe, der sich in seinem Rücken erhob und die Kerfe durcheinanderwirbelte.

Mit dem Wind erschien ein kleiner Vogel und landete auf Leberechts Achsel. Er funkelte zornig mit den Augen, sein Schnurrbart sträubte sich.

„Ich soll Ihnen ausrichten“, keckerte er Leberecht ins Ohr, „Sie möchten sich keine Sorgen machen.“

Der Wind ging schärfer und blies die Kerfe von Leberecht ab, wie sehr die sich auch ankrallten und festhielten.

„Ausrichten?“, schrie Leberecht durch den Lärm. „Von wem denn?“

„Verstehe nicht“, sagte der Fliegenschnäpper.

„Was hatten Sie eben die Freundlichkeit zu bemerken?“, schrie Leberecht.

„Wie?“, sagte der Fliegenschnäpper.

Es war keine Verständigung mehr möglich. Der Wind pfiff und toste und steigerte sich zum Sturm. Der Sturm hatte solche Gewalt, dass er Leberecht umwarf.

Auch die Fee Grilla wurde vom Thron gepustet und lag nun auf dem Rücken und zappelte mit allen sechs Beinen.

Sogar die Raupe taumelte hoch durch die Luft. Ihr war zu Mute, als sei sie bereits ein Schmetterling geworden.

Und immer noch nahm der Sturm an Stärke zu. Und er erreichte ein so ungeheuerliches Ausmaß, dass er die Kerbtiere Sudelgards in alle Weltteile verschlug. Einem molukkischen Zeitungsbericht zufolge wurden in der Hafenstadt Banda unter einer Küchenfliese Kakerlaken festgestellt, welche unmissverständlich deutsch redeten.

Ihr Entdecker, ein Naturforscher namens Dr. sc. Grünling, zeichnete ihr Gespräch mit einem Tonbandgerät auf, und die Zeitung druckte den Inhalt des Mitschnitts:

1. Kakerlak:	Hast du Bier gefunden?
2. Kakerlak:	Es scheint, in dieser Gegend haben sie kein Bier.
1. Kakerlak:	Grausames Schicksal!

Endlich legte sich der Sturm.
Leberecht sprang auf und drang mit geschwungenem Spaten auf die Fee ein.
Aber blitzschnell hatte sich auch die Fee wieder in die Bauchlage herumgeworfen. Sie machte ein paar schaufelnde Bewegungen mit ihren dreieckigen, zahnartigen Fingernägeln und grub ein Loch und war weg und im Boden verschwunden.
Leberecht sprang ihr ohne Besinnen in die Tiefe nach.

Siebzehntes Kapitel

Das Sperrmüll-Sopha

Der Hund Kasper, um wieder auf den zu kommen, kauerte im hintersten Winkel seiner Zufluchtsstätte. Er hatte nichts hören und nichts riechen und nichts sehen wollen, und über dem angestrengten Nichthinhören, Nichthinriechen und Fest-die-Augen-Schließen war er zu guter Letzt eingeschlafen.

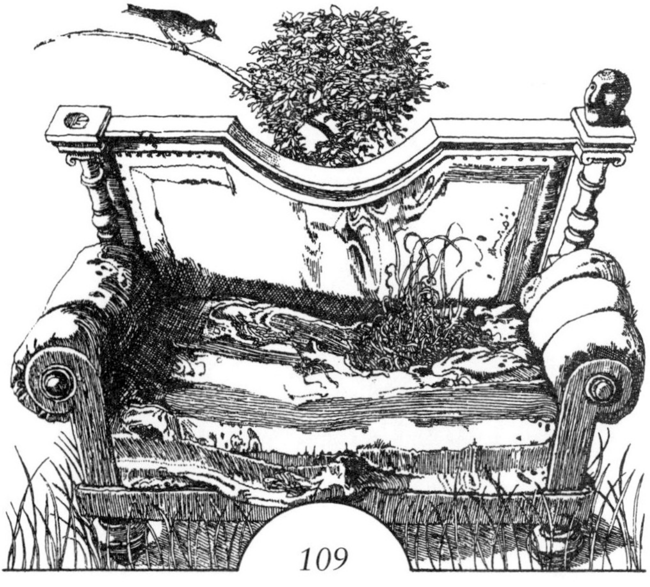

Jetzt beendete er das Schläfchen und untersuchte seine Umgebung. Er sog die Luft durch die Nase. Er wunderte sich und sog noch einmal die Luft durch die Nase. Das Ergebnis blieb das gleiche.
Es roch nach Sopha.
Da war nichts zu deuteln, und es war Tatsache: Mitten im üblen Garten stand ein Sopha. Es war ein staubiges Sopha. Die Gurte hingen fast bis zum Boden durch und die Federn auf den Gurten waren rostig und nicht viel wert. Doch es war vorhanden und stand unter freiem Himmel im sauren Gras.
Wie kam das Sopha in den üblen Garten?
Keiner weiß es.
Allenfalls so viel lässt sich vielleicht sagen: Wenn die Leute anfangen, ihren Sperrmüll in Ihrem Garten abzuwerfen, dann haben Sie, verehrter Gartenfreund, irgendetwas falsch gemacht.
Während er sich so wunderte, entdeckte Kasper, dass das Sopha sechs Füße hatte.
„An diesem verwünschten Ort scheinen alle Tiere unter Sechsfüßigkeit zu leiden“, dachte er missmutig, „selbst die Sophas.“
Aber zwei der Füße unterschieden sich von den übrigen. Es befanden sich Zehen an ihnen.
„Es sind demnach Menschenfüße“, schloss Kasper. Und er folgerte weiter:
„Es sitzt ein Mensch drauf.“
Er schob vorsichtig den Kopf unter dem Rand des Möbels hervor. In einer der schwungvoll geschnitzten Ecken des Sperrmüll-Sophas lehnte sehr behaglich der Gartengott, und auf seinem übergeschlagenen Knie hockte der Fliegenschnäpper, sein Vogel.

„Sie können überhaupt nicht hier sein“, sagte Kasper zu dem Gartengott. „Sie sitzen in der Eisenbahn und Ihre Fahrkarte gilt bis zum Rand der Welt.“

„Richtig“, sagte der Gartengott, „aber ich bin gleich auf der ersten Station wieder ausgestiegen. Man übersieht oft, dass Züge gelegentlich auch anhalten.“

„Sie wollten gar nicht verreisen?“ fragte Kasper.

„Du ahnst nicht, wie ungern ich verreise“, sagte der Gartengott.

„Sie wollten uns bloß glauben machen, Sie wären verreist?“, fragte Kasper.

„Kluger Hund“, sagte der Fliegenschnäpper mit übertriebener und wahrscheinlich erheuchelter Bewunderung.

„Und was, wenn man fragen darf, treibst du da unten?“, fragte der Gartengott.

„Fragen Sie nur das nicht“, sagte Kasper. „Es ist alles so ein Elend. Georg hat mich in diesen Garten verschleppt, ich meine, Liebkind war es.“

„Sprich zusammenhängend“, befahl der Gartengott. „Wer war es nun, Liebkind oder der Gärtnerjunge?“

„Aber Liebkind ist der Gärtnerjunge“, sagte Kasper.

„Ich weiß“, sagte der Gartengott.

„Und dann haben die Wespen Liebkind mitgenommen“, setzte Kasper seinen Bericht fort, „und ich bin davongelaufen.“

„Und was unternahmst du, um deiner Herrin beizustehen?“, erkundigte sich der Gartengott.

„Sagte ich das nicht schon?“, fragte Kasper. „Ich bin unter dieses Sopha gekrochen.“

„Das ist möglicherweise nicht genug“, sagte der Garten-

gott. „Ich schlage vor, dass du dich auf die Beine machst, um sie zu suchen."
„Wo?", fragte Kasper.
„Die Grille", sagte der Gartengott, „pflegt ihre Speisevorräte unter der Erde aufzubewahren. Ich an deiner Stelle würde mich dort ein wenig umsehen. Du bist doch ein guter Spürhund, oder?"
Kasper drehte seinen Kopf zurück und fragte hinter sich ins Sopha-Innere hinein:
„Ist es nicht zu gefährlich?"
Dann wandte er sich wieder dem Gartengott zu und gab zu verstehen:
„Man rät mir ab."
„Mit wem besprichst du dich?", fragte der Gartengott. „Ist noch jemand unten?"
„Mein Schwanz ist unten", sagte Kasper. „Wir sind übereingekommen, dass zu viel Gefahr dabei ist."
„Liebkind ist deine Herrin", mahnte der Gartengott. „Es ist deine Pflicht, sie zu beschützen."
„Kein Zweifel", bestätigte Kasper, „sie gibt mir Knochen. Ich selbst würde ja ohne Verzug aufbrechen, aber gehen Sie einmal drei Schritte weit ohne Ihren Schwanz."
Der Fliegenschnäpper richtete sich auf und schlug mit den Flügeln und stand hoch auf gereckten Beinen.
„Du rabenschwarzes Scheusal!", fuhr er Kasper an. „Wo ist Frauchen? Such! Vorwärts! Was soll denn das!"
„Gut, gut", sagte der Hund beruhigend. „Keiner soll sagen, ich begriffe nicht, was man von mir verlangt, wenn man in vernünftigem Ton mit mir redet."
Er trollte sich aus dem Keller des Sophas heraus und

strich, Nase unten, Hintern oben, leicht O-beinig über das Gelände.
Plötzlich kam sein Schwanz ins Wackeln.
„Ist sie dort?", fragte der Gartengott.
„Sie war hier", sagte Kasper. „Immerhin, wir haben die Fährte."
Er lief jetzt zielstrebig voran. Freilich lief er im Kreis und kam beinahe zu dem Punkt zurück, von dem er losgelaufen war.
„Warst du da nicht schon?", fragte der Gartengott.
„Da nicht", sagte Kasper. „Daneben."
Er lief im Kreis und wieder im Kreis. Aber der Weg, den er nahm, bildete eine Schnecke und führte in sich verengenden Krümmungen der Mitte zu.
„Ich entsinne mich", äußerte der Gartengott. „So legt sie ihre Gewölbe an."
Mit einem Mal stellte sich Kasper auf die Hinterbeine und machte einen Buckel und scharrte mit den Vorderpfoten in der Erde und schleuderte die Erdklumpen zwischen den Hinterbeinen hindurch, sodass sie weithin spritzten und in großer Entfernung zu Boden flogen.
Und dann senkte er die Schnauze in die Grube, die er gescharrt hatte. Und dann hatte er den Rücken von Liebkinds schwarzer Tuchweste zwischen den Zähnen und zog die Leblose aus der Grube und trug sie, stolz erhobenen Hauptes, zum Sopha.
Der Gartengott half ihr hinauf.
Und da lag sie nun ohne Bewusstsein in der freien Sophaecke. Sie regte kein Glied, zitterte aber vor Kälte.
„Sie stak in einer Art Kühlfach", erklärte Kasper. „Man

hält es hier nicht anders als wir zu Hause; wir haben selbst eine ganz ähnliche Futterkiste vergraben."

Er dehnte den Hals und leckte Liebkind unermüdlich die Hände. Danach sprang er aufs Sopha. Er drückte den Gartengott unsanft in seinen Winkel, setzte beide Tatzen auf Liebkinds Brust und schlappte ihr mit der Zunge über die Wangen.

„Meinst du, es hilft?", fragte der Gartengott.

„Ob es hilft", versicherte Kasper. „Wetten, in ein paar Sekunden öffnet sie schon die Augen und blickt töricht in die Welt und lispelt: Wo bin ich?"

Liebkind öffnete die Augen. Sie blickte töricht in die Welt und lispelte:

„Wo ist Leberecht?"

Achtzehntes Kapitel

In Erde, Luft und Wasser

Leberecht fand sich nach seinem verwegenen Sprung in einem Hohlraum unter der Erde wieder. Da war kein Licht und kein Rat. Er konnte nur eben spüren, dass zahlreiche Gänge im Dunkel auseinander liefen.

Aus einem der Gänge meinte er, die Tritte der flüchtenden Fee zu vernehmen. Er zauderte nicht und machte sich, mit der Handfläche an der Wand entlang tastend, an die Verfolgung.

Zum Glück erwies sich die Finsternis als nicht ganz so schwarz, wie es ihm zuerst vorgekommen war. An manchen Stellen führte der Gang nahe der Oberfläche, und durch dünne Risse blinzelte der Tag herein. Hin und wieder gab es auch ein Stück modernden Holzes, von dem ein grünlicher Schimmer ausging. Leberechts Augen gewöhnten sich und er sah ein wenig.

Dennoch stolperte er oft genug über Wurzelstricke, die in Knöchelhöhe quer über den unterirdischen Weg gespannt waren oder sein Fuß verfing sich in Schluppen und Schlaufen, welche aus dem Boden nach ihm angelten. Herabhängende Fasern griffen ihm wie Gespensterfinger ins Gesicht.

Und was er schattenhaft wahrnahm, war auch nicht immer erfreulich.

In die Seitenwände des Stollens waren gelegentlich Nischen eingelassen. In diesen Nischen standen, ordentlich aufgereiht oder zu spitzen Haufen gestapelt, die Schädel von Regenwürmern, Tauwürmern und anderen aufgegessenen Erdreichpersonen, die ihn augen- und lippenlos angrinsten.

Ohne Augen und Lippen aber bringt kaum einer ein freundliches Grinsen zu Stande.

Der Gang lief keineswegs geradeaus. Er nahm scharfe und überraschende Wendungen. Häufig teilte er sich, und Leberecht musste angestrengt lauschen, um nicht diejenige Abzweigung zu verfehlen, aus welcher heraus das kratzende Trappeln der Maulwurfsgrille scholl.

Immerhin schien sich der Abstand zu verringern. An einer Ecke hörte er die Grille ganz deutlich.

Sie konnte nur noch wenige Schritte vor ihm sein.

Aber der Widerhall täuschte sein Ohr.

Die Fee hatte so viele Haken geschlagen, dass sie jetzt genau in Leberechts Rücken herauskam. Sie öffnete die fürchterliche Schere. Sie setzte eben zum Sprung an, als er die Bedrohung spürte und sich flach auf den Bauch warf. Es war seine Rettung, aber es war tatsächlich der letzte Augenblick.

Die Fee schnitt ins Leere und verlor das Gleichgewicht.

Leberecht schwang den Spaten und schlug ihr den gepanzerten Arm ab.

Der Arm lag im Dreck und klappte noch eine Weile sinnlos mit der Schere.
Sofort stieß die Grille ihren rammenförmigen Kopf gegen die Tunneldecke. Der Gang brach ein. Geröll und Brocken rieselten über Leberecht nieder. Die Grille zog sich mit all ihren restlichen Beinen nach oben, und kaum der Erde entronnen, schnurrte sie in den Himmel ab. Ihre Flügel, solange sie sie als Schürze auf dem Hintern trug, wirkten neckisch und eher als Putz. Aber sobald sie

sie entfaltete, trugen sie sie ganz gut, freilich nicht ohne Schnurren und nicht besonders hoch.
„Sieh an“, sagte der Gartengott. „Er hat sie herausgetrieben.“
„Er lebt“, schrie Liebkind entzückt. „Er entsteigt dem Abgrund. Er haut mit dem Spaten nach ihr.“
„Hopp“, sagte Kasper, der zwischen Liebkind und dem Gott auf dem Sopha saß und gleich ihnen den Luftkampf beobachtete. „Hopp“, wiederholte er fachmännisch. „Hopp, sehr brav.“
Wie wenn er den Beifall seines Hundes vernommen hätte, vollbrachte Leberecht einen Luftsprung nach dem anderen. Endlich gelang ihm ein so gewaltiger Satz, dass das Blatt des Spatens dem über ihm kreisenden Untier ein weiteres Bein abhieb.
„Hopp!“, sagte Kasper mit tiefer Befriedigung.
Da aber stürzte sich die Fee Grilla mit Brausen herab. Und sie verschwand, den Kopf voran, in einem sehr unreinlichen Tümpel, der hinter der Mooreiche vor sich hin faulte und offenbar als Schlossteich gedacht war.
„Was“, sagte Kasper verblüfft. „Schwimmen kann sie auch noch?“
Leberecht bedachte sich nicht und stürzte sich hinter ihr drein.
Den Spaten in Händen haltend, schwamm er mit kräftigen Beinbewegungen durch die Brühe. Grüne Watte hing sich ihm hinderlich über Gesicht und Schulter.
Als es tiefer dem Grund zu ging, wirbelten Leberechts Beinstöße Schlamm und tote Äste empor, die das Wasser bis zur Undurchsichtigkeit trübten. Aber Leberecht verlor die Fee nicht aus dem Blick. Er verfolgte sie durch das

Gerank und Geschlinge und kam ihr nahe und streckte schon den Arm aus, um sie am Hinterfuß zu packen.
Im selben Augenblick zwängte sie sich in eine Ritze.
Die Ritze lag, hinter einem Algenvorhang verborgen, zwischen den Eichenwurzeln und war der geheime Eingang zu Grillas Palast.
Für Leberechts Körper war die Ritze zu eng. Die Fee befand sich in Sicherheit. Es gab hier nichts weiter auszurichten und Leberecht tauchte auf und erreichte den schillernden Spiegel des Tümpels und den festen Boden.
„Ihr seht, ihm ist kein Leid geschehen", stellte der Gartengott fest. „Ich meine, Kasper sollte Liebkind jetzt heimbegleiten, denn sie hat eine Vergiftung hinter sich und manche Aufregung der Liebe. Ich spiele nicht darauf an, dass sie ein schwaches Mädchen ist. In derartigen Fällen tut jeder Mensch gut, sich eine bestimmte Zeit lang zu erholen."
„Oh, Kasper, du hast mir das Leben gerettet", sagte Liebkind zärtlich.
„Ja", entgegnete Kasper, „ich hoffe noch immer, Sie hätten vielleicht einen kleinen Knochen einstecken."
„Du riechst sehr gut, dass ich keinen Knochen bei mir trage!", rief Liebkind entrüstet. „Du kannst es nicht deshalb getan haben!"
„Lassen wir das und gehen wir", sagte Kasper. „Und hängen Sie sich gefälligst nicht mit Ihrem ganzen Gewicht auf meinen Hals."
So brachen sie auf und gingen zu ihrem Garten zurück.
Leberecht aber traf lange keine Anstalt zur Heimkehr. In ihm war plötzlich mit ungeheurer Macht ein Gedanke aufgestiegen, der Gedanke an Liebkind, die er vertrieben

und verstoßen hatte. Er saß, ohne seine Lage zu ändern, am Rande des Tümpels, das Kinn in die Hand gestützt und das Haar voller Wasserlinsen, aus deren weißlichen Wurzelfäden dünne Rinnsale ihm über die umdüsterte Stirn herabtroffen.

Neunzehntes Kapit

Der grüne Tisch

An einer feuchten Stelle des üblen Gartens stand von Alters her ein Tisch. Der Tisch war ganz und gar aus Granit gehauen. Seine mächtige Platte war mit Moos bewachsen.

An diesen Tisch hatte der Gartengott die Fee Grilla bitten lassen und sie trafen sich und saßen einander gegenü-

ber. Vor jedem stand ein Fähnchen und eine Flasche Selterswasser.

„Ich bin glücklich, Ihnen zu begegnen, Eure Majestät", sagte der Gartengott.

„Sechsbeinige Majestät", betonte die Fee.

„Auf diese Einzelheit", sagte der Gartengott ausweichend, „käme ich gern zu einem späteren Zeitpunkt zu sprechen."

„Wie Sie wollen", sagte die Fee. „Dann rede ich Sie auch nicht mit Eure Ewigkeit an."

„Einverstanden", sagte der Gartengott großzügig. „Gott genügt vollkommen." Und er fuhr mit seinem gewinnendsten Lächeln fort:

„Worüber streiten wir eigentlich?"

„Streiten wir denn?", sagte die Fee holdselig und mit einem milden Erstaunen.

„Nun ja", sagte der Gartengott. „Es scheint, als erhöben Sie gewisse Ansprüche auf meinen Garten."

„Ich?" Die Fee riss die Augen auf. „Nicht dass ich wüsste."

„Es gibt Anzeichen", beharrte der Gartengott. „Distelsamen, Ungeziefer und Dinge der Art."

„Das sind Ansprüche, welche die Natur erhebt", berichtigte die Fee. „Disteln tragen einmal Samen. Der Wind trägt sie hierhin und dorthin, was soll man da machen? Und von Ungeziefer mag ich schon gar nicht hören. Tier ist Tier. Jedes lebt nach seiner Weise. Wo es ihm gefällt, hält es sich auf, und wo nicht, bleibt es weg."

„Ich zöge vor, wenn es wegbliebe", sagte der Gartengott. „Aber selbstverständlich will ich Ihnen nicht in Ihre Grundsätze hineinreden."

„Nicht?“, fragte die Grille überrascht.
„Nicht in Ihrem Garten“, sagte der Gartengott. „Es ist Ihrer, nicht meiner. Was meinen Garten betrifft, hat jedes seinen Ort und keiner verdrängt keinen.“
„Bei aller Hochachtung“, sagte die Fee. „Das nenne ich Zwang.“
„Ich nenne es Ordnung“, sagte der Gartengott.
„Und wo bleibt die Freiheit?“, fragte die Fee.
„Bei Ihnen, geschätzteste Fee“, sagte der Gartengott bereitwillig.
Er kramte in seinem Umhängesack und zog ein Papier hervor.
„Was haben Sie da mitgebracht?“, grunzte die Fee.
„Es ist ein Vertrag“, erläuterte der Gartengott. „Er klärt alle Missverständnisse, die unsere Freundschaft trüben könnten. Dabei besteht er nur aus zwei Abschnitten. Der erste bestimmt, dass Sie entlang der Hecke einen sauberen Rasenstreifen anlegen werden. Der Streifen ist wegen der Disteln, ein Gesundheitsstreifen.“
„Ein besonders widerlicher Gedanke“, warf die Fee dazwischen.
„Der andere Absatz“, sagte der Gartengott unverdrossen, „verbietet allen Gartenpersonen beider Gärten, die Hecke zu überschreiten und den angrenzenden Garten zu betreten.“
„Unmöglich“, sagte die Grille. „Ich würde glatt verhungern.“
„Ja“, sagte der Gartengott. „Mir ist aufgefallen, wie oft Sie meinen Gemüsegarten besuchen, ganz ungeachtet des Zwangs, der dort herrscht.“
„Sie glauben sich wohl stark im Vorteil?“, fragte die Fee höhnisch.

„Ich finde diesen Vertrag nur vernünftig“, meinte der Gartengott.
„Niemand würde etwas Vernünftiges fordern, der sich nicht im Vorteil befindet“, bemerkte die Fee nicht ohne Weisheit. „Aber Sie irren. Sie sind nicht im Vorteil, ich bin es.“
„Das ist eine unangenehme Neuigkeit“, bekannte der Gartengott. „Was für einen Trumpf haben Sie denn noch?“
„Ich bewahre da einen kleinen Burschen in meiner Speisekammer auf“, verkündete die Fee, „den ich fressen kann, falls Sie keinen Wert auf ihn legen.“
„Offen gestanden“, sagte der Gartengott, „ich lege Wert auf ihn.“
„Dann gibt es keinen Vertrag“, sagte die Fee.
„Ich lege so großen Wert auf ihn“, sagte der Gartengott, „dass ich mir erlaubt habe, ihn in sein Vaterland bringen zu lassen.“
„Das würde ich keinem abnehmen“, sagte die Fee, „und wenn es meine eigene Großmutter mir erzählte.“
„Ich habe nicht die Ehre, Ihre Frau Großmutter zu kennen“, versetzte der Gartengott. „Warum überzeugen Sie sich nicht?“
Die Fee spreizte die Flügel. Sie stieg mit Schnurren auf und sah sogleich aus der Höhe, dass Liebkinds unterirdisches Gefängnis erbrochen war.
Sie fand sich wieder an den grünen Tisch zurück.
„Pfiffig“, sagte sie anerkennend. „Und wenn ich dennoch nicht unterschreibe?“
„Sie haben einen ersten Begriff von dem Herrn Leberecht“, sagte der Gartengott. „Ich nahm an, Sie verhandelten lieber mit mir als mit ihm.“

„Sie lassen mir die Wahl, langsam zu verhungern oder schnell erschlagen zu werden“, schmollte die Fee.

„Es ist immerhin eine Wahl“, sagte der Gartengott.

„Die Wahl zwischen schnell und langsam!“, rief die Maulwurfsgrille. „In beiden Fällen schrecken Sie nicht vor meiner Ausrottung zurück.“

„Die gesittete Tierwelt“, sagte der Gartengott, „wird sich ohne Ihre Mitwirkung zu behelfen wissen.“
Die Fee starrte böse auf den Vertrag.
Dann schüttelte sie entschlossen den Kopf. „Ich unterschreibe das nicht“, erklärte sie, „so wahr ich sechs Beine am Leib habe.“
„Richtig, diese Frage hatten wir zurückgestellt“, sagte der Gartengott. „Ich zweifle nämlich, ob Sie tatsächlich sechs Beine besitzen.“
„Nicht sechs?“, sagte die Fee. „Aber das ist lachhaft.“
Kerbtiere sind wenig schmerzempfindlich und in der Wut des Kämpfens und über der Arbeit des Verhandelns hatte die Fee Grilla bisher übersehen, dass ihr ein Hinterbein und ein Vorderarm in der Schlacht abhanden gekommen waren. Was die Zahl ihrer Gliedmaßen anging, war sie sich völlig sicher.
„Es sind im Mindesten nicht sechs“, sagte der Gartengott. „Zählen Sie ruhig nach.“
„Genau das tue ich“, sagte die Fee barsch. Sie legte das Hinterbein, das ihr verblieben war, auf den bemoosten Steintisch.
„Nanu?“, äußerte der Gartengott leicht befremdet. „Seit wann legt eine Dame das Bein auf den Tisch?“
„Ich soll doch zählen“, sagte die Fee.
„Können Sie nicht anders zählen?“, fragte der Gartengott.
„Wie anders?“, sagte die Fee. „Ich zähle ja alles mit den Beinen.“
„Ich verstehe“, sagte der Gartengott. „Sie zählen Ihre Beine mit Ihren Beinen.“
„Das sind also zunächst einmal zwei“, sagte die Fee, die gewohnt war, zwei Hinterbeine zu haben.

„Ich sehe nur eins", sagte der Gartengott.
Die Fee betrachtete verwirrt das einzelne Bein. Dann entschloss sie sich, ein Mittelbein dazuzulegen.
„Vier!" rief sie aus.
„Zwei", verbesserte der Gartengott.
Die Fee gab das andere Mittelbein zu und sagte:
„Aber jetzt sind es vier."
„Drei", rechnete der Gartengott zusammen.
„Ich bin noch nicht am Ende", sagte die Fee. Sie knallte ihr einziges Vorderbein auf den Tisch und neben die Beine, die da schon lagen. „Sechs!" verkündete sie siegesbewusst. „Sechs, keins weniger!"
„Vier", sagte der Gartengott geduldig.
Die Fee zählte und zählte. Und so oft sie zählte, sie fand nicht mehr als vier Beine vor sich.
„Wie ist das möglich?", fragte sie ratlos. „Es waren sonst eigentlich immer sechs."
„Zwei hat der Herr Leberecht Ihnen schon abgehackt", unterrichtete sie der Gartengott, „eins unter der Erde und eins in der Luft. Mir bleibt die Pflicht, Ihnen zu dem schmerzlichen Verlust mein Beileid auszusprechen."
„Ich glaubte, es sei wieder das Rheuma", sagte die Fee. „Ich unterzeichne."
Sie nahm den Stift, den der Gott ihr reichte, und schrieb schwungvoll:
„Grilla, sechsbeinige Herrscherin."
„Bedaure", sagte der Gartengott, „aber Sie müssen diese Unterschrift ändern."
„Sie bemängeln meine Unterschrift?", fauchte die Fee.
„Sie wäre nicht gültig", sagte der Gartengott. „Die Unterschrift muss lauten: vierbeinige Herrscherin."

Die Fee strich die Sechs durch und kritzelte eine Vier darüber. Sie erhob sich von ihrem Platz und sagte:
„Es wäre damit wohl alles erledigt."
„Ich hoffte stets, dass Streit zwischen uns vermeidbar sei", sagte der Gartengott.
„Sollten wir uns jemals gestritten haben?", sagte die Fee. „Ich jedenfalls fand dieses Zusammentreffen mit Eurer Ewigkeit hocherfreulich. In allem Übrigen war dies wohl die schwärzeste Stunde während der gesamten Dauer meiner Herrschaft, aber es liegt mir fern, Sie oder sonst jemanden mit meinen Verdrießlichkeiten zu ermüden. Jede Fürstin muss damit rechnen, von einem Augenblick auf den andern ins Unglück zu geraten."
Sie schritt davon und verschwand aufrechten Ganges in ihrer Wildnis. Freilich, seit sie erfahren hatte, dass ihr zwei Beine fehlten, war ihr Tritt bei weitem nicht mehr so fest und bestimmt wie in den Tagen ihres Glanzes.

Zwanzigstes Kapitel

Daheim

Liebkind hatte den Heimweg gut überstanden. Sie hatte den Arm über Kaspers kräftigen Nacken gelegt und sich in seinem krausen Fell festgehalten, und Kasper hatte ihre Last mit großer Langmut erduldet. Plötzlich fragte Liebkind: „Wohin führst du mich eigentlich?"

„Wohin schon?", sagte Kasper. „In Ihre Wohnung."

„Ins Wespennest!" sagte Liebkind entsetzt. „Keine zehn Pferde bringen mich in diese Räuberhöhle zurück."

„Ich bin keine zehn Pferde", sagte Kasper, „aber auch kein Unmensch. Ich verstehe Ihren Gesichtspunkt." Er kratzte sich mit der Hinterpfote am Kopf und bedachte die neue Schwierigkeit.

Liebkind begann zu weinen.

Einige mögen finden, dass Liebkind von ihren Tränen ein wenig zu oft Gebrauch machte. Aber für diesmal war sie ganz gewiss durch ihre Erschöpfung entschuldigt.

„Es ist alles Unsinn", entschied Kasper. „Ihre richtige Wohnung ist das Vogelnest. Dorthin gehören Sie, und nur dort werden Sie wirklich entspannen."

„Ach ja, bitte“, sagte Liebkind, „aber du trägst die Verantwortung.“
„Ich habe Sie den ganzen Weg lang getragen“, sagte Kasper. „Die Verantwortung ist ein Klacks dagegen.“
Sie kamen an der Witwe Igel und der Erdkröte vorüber. Die Kröte war bei der Witwe zu Besuch, sie saßen vor dem Holzstapel und erfreuten sich der Abendsonne.
„Wohin ihr beiden?“, fragte die Witwe, die alles wissen musste.
„Georg ist krank“, sagte Kasper. „Ich bringe ihn ins Vogelnest.“
Und genau das tat er.
Liebkind schmiegte sich mit einem erleichterten Seufzer in das Polster aus Halmen und Daunen und sagte:
„Kasper, ich wundere mich über deinen Schwanz.“
„Oh“, sagte Kasper, „wie geht es ihm?“
„Offenbar gut“, sagte Liebkind. „Er steht wie ein Baum.“
„Ich freue mich zu hören, dass er sich wohl fühlt“, sagte Kasper, „aber Sie sollten jetzt endlich schlafen.“
Er rollte sich zusammen und schloss die Augen. Er kämpfte im Traum mit einem Heer von Wespen. Die Wespen erblichen vor Grauen, als sie seiner nur ansichtig wurden. Ihre Körper waren zwar noch geringelt, aber ohne Farbe geringelt.
Man konnte den Hund im Schlaf schnappen sehen, jedes Mal wenn er eine geträumte Wespe zerbiss.
„Nichts gegen den Gärtnerjungen“, sagte die Erdkröte zu der Witwe Igel, „aber erinnern Sie sich, als in dem Nest noch Liebkind zu Hause war?“
„Das waren noch Zeiten“, stimmte die Witwe bei.
„Sie sang schöner als selbst die Nachtigall“, sagte die Krö-

te, „aber das Einmalige waren die Worte. Sie verstand sich auszudrücken. Sie traf, wenn ich so sagen darf, den Garten auf den Kopf."

„Ich glaube nicht, dass sie die Worte selbst erfunden hat", sagte die Witwe.

„Ja", sagte die Kröte. „Man sah alles ordentlich vor sich."

Während Kasper (im Traum) ein Feld voll halber Wespen durchwandelte, spürte er eine feste Hand, die seine Nackenhaut zu einer Falte zusammenkniff und ihn an der hochhob.

„Wieso lebst du überhaupt?", fragte eine strenge Stimme.

„Weil Sie mich überhaupt nicht entbehren könnten", sagte Kasper, der seine Geistesgegenwart auch im tiefsten Schlummer nicht verlor.

„Wer braucht schon einen ungehorsamen Hund?", sagte sein Herr eisig.

„Wenn Sie mich nicht brauchen", sagte Kasper, „dann brauchen Sie mich auch nicht aufzuwecken."

„Ich bin nur in diesen Garten zurückgegangen, um nach dir zu suchen", sagte Leberecht; „denn ich glaubte dich ebenso verloren wie meinen Freund Georg."

„Papperlapapp verloren", sagte Kasper. „Ich habe Ihren Georg im Vogelnest untergebracht."

„Im Vogelnest!", sagte Leberecht voller Zorn. „Habe ich diesem Dummkopf nicht ausdrücklich verboten ... Nun gut, er ist tot. Man wird ihm manches nachsehen müssen. Lass ihn, wo er ist; es ist ja alles so gleichgültig geworden."

„Er ist nicht toter als Sie oder ich", sagte Kasper gekränkt. „Er ist leidend und sehr matt. Aber ich habe ihn der Grille entwendet und ich habe ihn hierhergeschleppt, und der

Dank für das alles ist, dass man mich aus dem besten Schlaf reißt."

„Nicht tot?", fragte Leberecht mit einem Anflug von Freude. „Das freut mich für ihn. Du aber erhebe dich und folge mir; über deinen Ungehorsam reden wir ein andermal weiter."

An der Stelle unterbrach ein Ruf das Gespräch.

Er machte sich im Garten vernehmbar und durchhallte ihn und lautete:

„Platz, Achtung, beiseitegetreten! Seine Ewigkeit, der Gartengott, belieben, Einzug zu halten."

Auf die Aufforderung beiseite zu treten hin liefen alle Gartenbewohner zusammen und verursachten ein Gedränge in der Mitte des Gartens.

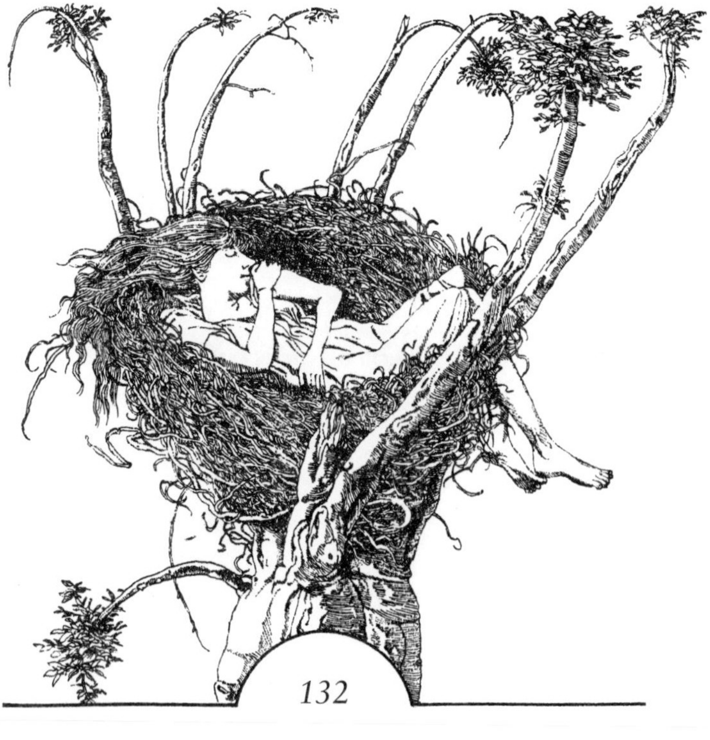

„Unglaublich“, sagten viele.
„Ausgeschlossen“, sagten andere.
Und sie kamen in der Meinung überein: „Jeder weiß, dass es nicht stimmt.“
„Keck, keck, was?“ sagte der Fliegenschnäpper. „Unglaube, was?“ Die kleinen Borsten unter seinem Schnabel richteten sich auf, sein Kopf ruckte.
„Verbreiten Sie doch keine falschen Hoffnungen“, sagte Leberecht. „Der Gartengott kommt niemals wieder.“
„Nicht wieder, was?“, keckerte der Fliegenschnäpper.
„Ich selbst“, beharrte Leberecht, „habe ihn abreisen sehen.“ Der Fliegenschnäpper sagte:
„Ich bin hier, und wo ich bin, ist der Alte.“
„Das verstehe, wer kann“, sagte Leberecht entgeistert.
„Ich wusste es natürlich“, sagte Kasper. „Ich hätte es längst erwähnt, wenn ich es für sehr wichtig gehalten hätte.“

Einundzwanzigstes Kapit·

Die Rückkehr des Gartengotts

Und dann kam der Gartengott den Kiesweg herabgeschlendert.

„Ich habe Ihnen allen eine erfreuliche Mitteilung zu machen“, sagte er. „Der Frieden ist geschlossen. Die Welt jenseits der Hecke wird uns nicht wieder belästigen.“

Die Rede war ein voller Erfolg.

Den Gartenbewohnern fiel ein, in welcher Bedrängnis sie sich befunden hatten, und sogleich ergriff sie ein Gefühl der Erlösung. Alle wurden fröhlich und munter. Sie hüpften auf und nieder und bekamen rote Backen. Man kann sagen, der ganze Garten blühte auf.

Sogar vom Wespennest her ließ sich ein knarrendes Geräusch hören. Das Nest hisste die Gartenfahne.

Die Fahne war riesengroß. Obwohl kaum Luft ging, schwankte die Herberge „Zu den drei Rittern" heftig im Winde; sie bestand einmal aus nichts Besserem als aus Pappe.

In der Tür erschienen der Ritter von Schlupf, der Ritter von Gall und der Ritter von Stich, und der von Gall winkte zu Kasper herüber und sumste:

„Willkommen, Freund Kasper, wieder vom Ausflug zurück?"

Dann schrieen sie laut und gemeinsam:

„Sieg, Sieg. Ein Hurra für den Gartengott."

So gaben sie den Anstoß zu einem gewaltigen Jubel.

Nur Leberecht befand sich in einer besonderen Laune, und als das Geschrei verklungen war, redete er den Gartengott an und sagte:

„Ich war, müssen Sie wissen, bis jetzt Ihr Stellvertreter. Ich begrüße Sie und lege die Gartengeschäfte wieder in Ihre Hände."

„Vielen Dank für die Begrüßung", sagte der Gartengott leutselig.

„Wenn wir uns alle über Ihre Rückkehr freuen", sagte Leberecht, „bleibt doch die Frage offen, was es eigentlich mit Ihrer Abreise auf sich hatte."

„Oh ja", sagte der Gartengott. „Ich höre, einige vertreten

die Meinung, meine Reise sei nichts als ein Kniff gewesen. Ich gebe denen vollständig Recht."
„Ich begreife", sagte Leberecht. „Wir sollten lernen, dass es ohne Sie nicht geht?"
„Richtig", bestätigte der Gartengott. „Und dann sollten Sie noch etwas lernen."
„Noch etwas?", fragte Leberecht.
„Das nämlich", sagte der Gartengott, „dass es ohne mich eben doch gehen muss. Ich will gern dem Garten Segen schenken. Das große Ganze ist mein Beruf. Aber bin ich dazu da, dem Schaf auszurichten, dass es den Rasen abfrisst?"
„Ist es denn noch nicht hier gewesen?", sagte Leberecht erschrocken. „Das französische Eichhorn hat fest versprochen ..."
„Augenscheinlich ist es nicht hier gewesen", sagte der Gartengott.
„Das ist mir sehr unangenehm", sagte Leberecht.
„Es muss Ihnen nicht unangenehm sein", sagte der Gartengott. „Wichtig ist, dass Sie sich um das Schaf gekümmert haben. Um das Schaf und um manches mehr. Ich mag nicht dauernd Anordnungen treffen, wenn sich nicht einer findet, der seine Sache verrichtet, auch wenn ich es nicht anordne." Er wandte sich an die lauschenden Tiere und sprach:
„Wenn ich mich entschlossen habe zurückzukehren, dann schulden Sie Ihre Erkenntlichkeit allein Leberecht und seinen Freunden."
„Hoch der Gartengott", riefen alle. Hiernach ließen sie sich nicht lumpen und riefen:
„Hoch Leberecht."

„Danke", sagte Leberecht. „Danke, sehr liebenswürdig. Ich sage es gerade in diesem Augenblick ungern, aber ich muss es sagen: Ich verlasse diesen Garten. Es ist unwiderruflich. Ich möchte hier nicht mehr wohnen."
Und er forderte Kasper auf:
„Komm, Kasper. Wir gehen."
Er wandte sich um und schritt, ohne hinter sich zu blicken, in Richtung des Torwegs. Kasper krauste verdutzt die Stirn. Dann legte er sich auf alle Viere und rührte sich nicht vom Fleck.
„Wenn es Sie nicht stört", sagte der Gartengott, „begleite ich Sie bis zum französischen Garten. Dort steht mein Sockel, bis dorthin haben wir einen Weg."
Er nahm Leberecht am Arm und wandelte neben ihm her.
„Wohin werden Sie sich begeben?", erkundigte er sich.
„Nur fort", sagte Leberecht. „In die Stadt oder vielleicht noch weiter, in die Welt. Ich hasse den Garten."
„Sie haben den Garten gerettet", sagte der Gartengott. „Er ist in einem glücklicheren Zustande als je."
Leberecht sagte:
„Er hat mich Liebkind gekostet."
„Meinen Sie, er war es nicht wert?", wandte der Gartengott ein.
„Ich behaupte nicht, dass er es nicht wert war", sagte Leberecht. „Ich sage, dass ich ihn hasse."
„Sie haben Liebkind um des Gartens willen verstoßen", sagte der Gartengott, „und nun können Sie es dem Garten nicht verzeihen?"
„So ist es", sagte Leberecht.
„Aber Ihr Freund Georg ist Ihnen geblieben", erinnerte der Gartengott.

„Das lässt sich nicht vergleichen“, sagte Leberecht. „Mit einem Freund ist man befreundet, aber seine Liebste liebt man.“

„Schlimm“, sagte der Gartengott bedauernd. „Ich selbst glaube überhaupt nicht an verzweifelte Lagen, aber ich weiß, das ist ein ausgesprochen göttlicher Standpunkt, und ich versuche erst gar nicht, ihn Ihnen zuzumuten. Würden Sie wohl noch so gefällig sein, mir hinaufzuhelfen?“

Der Sockel des Gartengotts maß über einen Meter und hatte nur in Kniehöhe einen sehr schmalen Absatz. Auf den setzte er einen Fuß und stützte sich mit beiden Armen auf Leberechts Schulter. Und Leberecht griff ihn bei den Rippen und schob, und auf die Art, mit Ächzen, gelangte der alte Gott auf seinen Platz zurück.

Dort aber stand er dann in gerader Haltung und ragte und überblickte sein Reich, so, als wäre er nie fortgewesen.

Zweiundzwanzigstes Kapitel

Liebkind im Vogelnest

Am Gartentor vermisste Leberecht seinen Hund.
„Kasper“, rief er. „Ich warte.“
In Wirklichkeit wartete er keine Sekunde. Er machte ungeduldig kehrt und fand Kasper im Hof liegen, eben an dem Ort, an dem er ihn verlassen hatte.
„Was soll das heißen?“, fragte er. „Du kommst nicht?“
„Ich komme nicht“, sagte der Hund.
„Und wenn ich es dir befehle?“, sagte Leberecht.
„Das ändert nichts“, sagte der Hund; „denn es ist alles nur dummes Zeug, was Sie im Kopf haben.“
Und er stemmte seine Füße nach vorn gegen die Pflastersteine. Kein Strick am Hals hätte ihn wegzuziehen vermocht. Leberecht wusste, dass auch ein Hund gute Gründe haben kann und dass es einen Punkt gibt, wo man besser aufhört, auf ihn einzureden. Kasper liebte ihn und Kasper hatte sich für ihn in den üblen Garten gewagt, und er, Leberecht, war es, der Kasper aus der Stadt Knochen mitbrachte.

Warum wollte der Hund nicht folgen?
Während er diese richtigen Überlegungen anstellte, erklang über ihm ein Lied. Es war mit silberner Stimme gesungen, sein Wohllaut erfüllte Himmel und Erde.
Das Lied ging so:

„Einer sitzt im Vogelnest.
Garten grünt, Garten blüht.
Altes Lied euch wissen lässt:
Einer sitzt im Vogelnest.
Mühe führt und kühnes Wagen
Nur zu Lust und Wohlbehagen.
Einer sitzt im Vogelnest.
Garten grünt und blüht."

Leberecht traute seinen Sinnen nicht. „Hörst du das, Kasper?", fragte er aufgeregt.
„Wenn ich auf Sie nicht höre", sagte Kasper verdrossen, „bin ich ja darum sonst nicht taub. Natürlich höre ich das."
„Das kommt vom Vogelnest her", rief Leberecht.
„Woher denn?", sagte Kasper.
„Es klingt wie Liebkind", rief Leberecht.
Kasper gähnte.
„Sagtest du nicht, du hättest Georg im Vogelnest geborgen?", rief Leberecht.
„Weshalb fragen Sie mich, was Sie schon wissen?", sagte Kasper ganz ärgerlich.
„So ist es Georg, der wie Liebkind singt?", rief Leberecht.
„Sie kommen auf die Spur", sagte Kasper.

„Demnach singt nicht Liebkind?“, rief Leberecht.
„Jetzt haben Sie die Spur wieder verloren“, sagte Kasper. „Als Hund wären Sie schwerlich zu verwenden.“
„Gibst du mir Rätsel auf, Bestie?“, fragte Leberecht. „Dann werde ich sie dir lösen. Wenn Georg im Vogelnest singt, und wenn es aber Liebkind ist, die man singen hört, dann sind Georg und Liebkind ein und derselbe Mensch. Ich mag der größte Narr sein, den je die Sonne beschienen hat, aber bildest du dir ein, ich hätte einen Augenblick geschwankt, wem Liebkinds Stimme gehört?“
„Wozu dann die Fragerei?“, sagte Kasper müde.
„Um den Schreck zu dehnen“, sagte Leberecht. „So viel Glück in so wenig Zeit hätte mir das Herz zerrissen.“
Er entfernte sich mit Würde.
Aber schon bald beschleunigten sich seine Schritte. Und dann rannte er wie ein Wilder, und dann sprang er mit einem Satz über den Nestrand und fiel mit seinem ganzen Leib auf Liebkinds Leib und umarmte sie und überdeckte sie mit unzähligen Küssen, die ausnahmslos Erwiderung fanden.
Dann saßen sie eng umschlungen und nahmen sich Zeit und unterredeten sich.
„Du hast wirklich die Wespen vertrieben?“, fragte Leberecht.
„Sonst hätten sie dich umgebracht“, sagte Liebkind.
„Ums Haar hätten sie dich umgebracht“, versetzte Leberecht. „Du siehst, wie recht ich tat, dich in Sicherheit zu bringen.“
„Ich wollte dich aber nicht verlassen“, sagte Liebkind. Leberecht entgegnete:

„Das war falsch und trotzig und widerspenstig. So sehr hast du mich geliebt?"

„So sehr liebe ich dich", sagte Liebkind.

Hier küssten sie sich abermals eine Weile, was übergangen werden kann. Dann hob Leberecht von Neuem an und erzählte:

„Denke dir, der Gartengott ist nun auch zurück."

„Fein", meinte Liebkind.

„Alles ist herrlich wie immer", sagte Leberecht.

„Es ist nicht wie immer", sagte Liebkind. „Denn ich will dein Freund bleiben, auch wenn ich nun wieder deine Liebste bin."

„Wahrhaftig", sagte Leberecht, „du sollst beides zugleich sein."

„Vielleicht nicht gerade zugleich", schlug Liebkind vor. „Ich nehme an, dass ich den Tag über dein Freund sein möchte und den Rest der Zeit deine Liebste und ein Mädchen."

„Bei allen Himmeln", sagte Leberecht. „Es ist noch viel herrlicher als immer."

Dreiundzwanzigstes Kapitel

Das Fest im französischen Garten

Abends feierte der große Garten ein großes Fest. Es diente der Würdigung der Ereignisse und bestand aus einer Tanzaufführung im französischen Garten. Für die

Aufführung hatte man eine Truppe von Spitzmäusen gewonnen, welche als Blumendarsteller berühmt waren. Spitzmäuse sind zum Tanzen geradezu geboren.
Wer alles dabei war?
Zunächst natürlich der Gartengott. Er stand ohnehin im französischen Garten. Man veranstaltete das Fest hauptsächlich deshalb in diesem Teil des Gartens, um auf den Aushang schreiben zu können:
„In Gegenwart allerhöchster Personen."
Auf der Schulter des Gartengotts saß wie immer der Fliegenschnäpper.
Aber auch sonst nahm alles teil, was der Erwähnung wert ist. Sogar die Blindschleiche war in ihrer eigenen Person erschienen. Sie hatte anfangs zwei ganze Stuhlreihen mit sich selbst belegt, war aber dann durch Zurufe veranlasst

worden, sich unter den Sitzen niederzulassen. Dort behelligte sie keinen und sah nicht unvergnügt unter der ersten Reihe heraus.

Als Letzte trafen Leberecht und Liebkind mit Kasper ein. Kasper führte einen großen Fleischknochen bei sich; denn er beabsichtigte, den Abend zu genießen.

Liebkind sah den Gartengott auf seinem Sockel stehen und sagte erfreut:

„Tatsächlich!"

„Was ist ‚tatsächlich'?" fragte Leberecht.

„Tatsächlich", sagte Liebkind. „Der Gartengott ist wieder da."

„Es ist der reine Stumpfsinn", sagte Leberecht. „Ich habe dir ausdrücklich berichtet, dass er zurückgekehrt ist. Ich frage mich, ob es überhaupt lohnt, sich mit dir zu unterhalten."

„Schimpfst du mit deiner Liebsten?", sagte Liebkind vorwurfsvoll.

Leberecht sah auf die Uhr.

„Noch bist du mein Freund, oder?", fragte er.

„Oh ja", sagte Liebkind, „das bin ich wohl."

„Mit seinem Freund", sagte Leberecht, „darf man schimpfen."

„Setzen wir uns", sagte Liebkind.

Da entdeckten sie, dass alle Plätze besetzt waren. Nicht nur auf den Klappstühlen, auch auf den Steinbänken, den Buchsbaumhecken und den Rändern der Oleanderkübel – überall saßen schon Zuschauer.

Zwar waren sie eigentlich die Ehrengäste. Aber wie Tiere einmal sind, die veranstaltenden Tiere hatten vergessen, ihnen zwei Sitzgelegenheiten freizuhalten.

Nur der Ast einer Kastanie, der niedrig in den französischen Garten hereinhing, war noch ziemlich leer. Auf ihm hockte der Frosch, sonst niemand.
„Gestatten Sie?“, sagte Liebkind zu dem Frosch.
Sie hob hinten ihren Rock, setzte sich neben ihn und bat:
„Möchten Sie vielleicht noch ein Stück rücken.“
„Können Sie nicht lesen?“, fragte der Frosch. Er deutete auf ein Schild, das an dem Kastanienast befestigt war. Das Schild besagte:
„Nur für Eichhörner.“
„Mit den Eichhörnern komme ich schon aus“, sagte Liebkind fröhlich. „Ich kann sie auf den Schoß nehmen.“
„Es geht nicht darum, ob Sie mit ihnen auskommen“, unterwies sie der Frosch. „Es geht darum, ob heutzutage noch irgendeine Vorschrift beachtet werden soll. Hier steht: Eichhörner, und Sie sind kein Eichhorn, und wenn Sie noch so viele davon auf sich sitzen haben.“
Leberecht, dem der Streit peinlich war, hatte bisher weggesehen und sich gestellt, als gehöre er gar nicht zu Liebkind. Jetzt mischte er sich doch ein und fragte:
„Sind Sie denn ein Eichhorn?“
„Das ist nicht die Frage, die ich aufgeworfen habe“, sagte der Frosch mit großer Bestimmtheit. „Die Frage geht dahin, ob die Dame ein Eichhorn ist, und was diese Frage betrifft, bin ich keineswegs im Besitz einer befriedigenden Antwort.“
Die drei Eichhörner kamen aus dem Wipfel der Kastanie gesprungen und setzten sich Liebkind auf den Schoß. Leberecht setzte sich dazu. Der Frosch schwieg mürrisch, die Vorstellung begann.

Das Stück war von Carl von Linné verfasst. Es trug die Überschrift „De nuptiis plantarum“ und die Unter-Überschrift „Die Blüte ist der Pflanze Freude.“

Die erste Überschrift verstanden weder Mensch noch Tier. Aber die Spitzmaus, die den Tanz eingeübt hatte, trat an die Rampe und erläuterte:

„Es bedeutet: Die Pflanzenhochzeit.“

„Wenn es das bedeutet“, quarrte der Frosch, „warum nennen Sie es dann nicht so?“

„Wir nennen es so“, entgegnete die Spielleiterin, „nur auf lateinisch.“

„Warum Latein, kein Deutsch?“, quarrte der Frosch. Die Spitzmaus sagte kurz:

„Der Dichter wünscht es.“

Aber die Pflanzenhochzeit selbst entzückte jedermann. Die Handlung bestand darin, dass zwei Blumen frisch verheiratet waren und nun ihre Vermählung begehen sollten. Die Braut war unerfahren, der Bräutigam ungeschickt, und zwischen ihnen tanzte eine fleißige Biene hin und her.

Um die drei Hauptdarsteller herum hüpften die übrigen Tanzmäuse und bildeten einen Reigen und formten Blütenkränze und Sträuße.

Der Bräutigam tat sehr stolz und männlich. Aber als die Biene kam und den Staub von seinen Blütenfäden streifte, stellte er sich so dumm an, dass sich unter den Besuchern ein großes Gelächter erhob.

„Worüber wird gelacht?“, fragte der Maulwurf die Witwe Igel, die neben ihm saß. Sie hatten die vorderste Reihe inne, doch der Maulwurf litt bekanntlich an einem blöden Gesicht.

„Die Biene holt die Pollen“, flüsterte ihm die Witwe ins Ohr.

Wenn schon der Bräutigam sich schamhaft hatte, aber nun musste man erst die Braut sehen! Es geschah ihr zum ersten Mal, dass eine Biene die Ritze ihres Stempels bepuderte. Sie drehte und zierte sich und wollte die Biene nicht unter ihre Blütenblätter lassen.

„Was macht die Biene jetzt?“, erkundigte sich der Maulwurf sehr laut.

„Sie kitzelt“, flüsterte die Witwe Igel.
„Sie kitzelt die Braut?“, fragte der Maulwurf.
„Wen sonst?“, sagte die Witwe.
„An welcher Stelle?“, wollte der Maulwurf wissen.
Der ganze Garten machte: „Pst!“, und viele riefen: „Ruhe da vorn!“
„Ich verstehe“, sagte der Maulwurf. „Dies hier ist nicht für den einfachen Arbeiter bestimmt.“ Er war beleidigt, aber wenigstens hielt er von nun an den Mund, und der Tanz konnte ungestört seinen Fortgang und sein Ende nehmen.
Der Beifall war unerhört.
„Merveilleux“, sagte das französische Eichhorn.
„Marvellous“, sagte das englische Eichhorn.
„Ganz nett, wirklich“, sagte das Gemüseeichhorn.
Alle Gartenpersonen erinnerten sich an ihre eigene Hochzeit oder an die Wochen ihrer Verlobung. Auch Leberecht und Liebkind hatten ihre Gedanken und erwogen manches Schöne, und die Witwe Igel schluchzte und sagte: „Gerade so ging es mit Igel und mir, nur dass wir natürlich keine Biene benötigten.“
Damit war das Fest vorüber. Die Zuschauer machten sich auf den Weg, der französische Garten leerte sich.
Da öffnete der Gartengott seinen steinernen Mund und sagte:
„Ich überlege mir die ganze Zeit, ob irgendjemand daran gedacht hat, das Schaf zu bestellen.“
„Ich fliege schon“, sagte das französische Eichhorn.

Peter Hacks

Prinz Telemach und sein Lehrer Mentor

Eine alte Geschichte: Der Vater treibt sich in der Welt herum, die Mutter hat die Freier auf dem Hals, das Ergebnis können nur verwahrloste Kinder sein. Nicht aber, wenn der Vater Odysseus heißt, die Mutter Penelope und das betroffene Kind der Prinz Telemach ist. Der nämlich sucht sich einen Lehrer (das einzige Kind, das sich seinen Lehrer selbst wählt!). Und sein Lehrer Mentor unterrichtet ihn nicht nur in den Fährnissen des Lebens, sondern geht mit ihm auf Klassenfahrt. Exkursionsziel: unbekannt. Inhalt: Vatersuche.
Peter Hacks hat den mythologischen Stoff neu, amüsant und anspielungsreich erzählt. Was Sie schon immer über Lehrer und Schüler, Eltern und Kinder, Götter und Menschen wissen wollten und bei Homer nicht gefunden haben! Das reine Lesevergnügen.

In der Reihe

Süddeutsche Zeitung Junge Bibliothek

sind bereits erschienen:

128 Seiten
3-86615-121-7
978-3-86615-121-5

168 Seiten
3-86615-123-3
978-3-86615-123-9

120 Seiten
3-86615-127-6
978-3-86615-127-7

80 Seiten
3-86615-128-4
978-3-86615-128-4

In der Reihe

Süddeutsche Zeitung Junge Bibliothek

sind bereits erschienen:

80 Seiten
3-86615-129-2
978-3-86615-129-1

112 Seiten
3-86615-133-0
978-3-86615-133-8

160 Seiten
3-86615-135-7
978-3-86615-135-2

160 Seiten
3-86615-140-3
978-3-86615-140-6